숲의 존재들

Beings
of the
Forest

숲의 존재들

김태라 장편소설

차례

01

새로운 삶

　주나는 눈을 떴다. 어스름 속에서 숨소리가 들렸다. 깊고 편안하고 규칙적인 숨소리. 리후였다. 침대와 침대 사이에 간격이 있었지만 숨소리를 듣기에는 충분했다. 매일 아침 주나는 리후의 숨소리를 들으며 잠에서 깼다. 편안하고 규칙적인 생명의 소리. 그것이 그녀에게 깊은 안도감을 주었다.

　'새로운 소울머신처럼.'

　주나는 생각했다. 그리고 쓴웃음을 지었다. 소울머신이라니.

소울머신을 몸의 일부처럼 여겼던 때가 있었다. 손목에 감겨 있던 그것과 분리되면 죽는 줄 알았던 때가. 불과 보름 전이다. 그 세계는 사라졌지만 주나의 기억 속 소울시는 여전히 '빨간불'처럼 생생했다.

인공 에너지 '소울'로 유지되던 세계. 손목에 소울머신을 감고 그 기계를 통해 생명 에너지를 공급받던 나날들. 주나의 과거 전 생애, 십칠 년을 품고 있던 그 세계가 '대폭발'로 하루아침에 사라졌다.

주나는 대폭발의 주인공이었다. 뜻을 모은 이들과 함께 소울머신으로 생명을 통제하던 소울시의 시스템을 무너뜨렸다. 에너지의 근원을 찾아 나섰던 그 길 끝에서 한 세계와 시대가 붕괴했다. 소울머신에서 해방되자 모든 사람들이 진정한 생명의 근원을 되찾았다. 기계가 아닌 자기 자신 속에서.

주나는 자신의 왼쪽 손목을 내려다봤다. 소울머신이 감겨 있던 자리가 아직 하얬다. 그 기계를 떼어 냈지만 몸은 아직 기억하고 있었다. 손목의 하얀 부분이 마치 소울머신의 그림자 같았다.

'이 그림자가 영원히 지워지지 않는다면?'

몸이 엷게 떨려 왔다. 소울머신이 진동하던 때처럼.

대폭발 이후 소울머신은 소울인의 몸에서 사라졌다. 소울 에너지에 의해 돌아가던 세상과 인간 몸에 에너지를 공급했던 소울 시스템은 완전히 무너졌다. 시스템 붕괴와 함께 힘을 되찾은 소울인들은 새로 태어난 듯 자연인이 되었다.

사람들은 소울머신 없는 세상에서 새로운 삶을 시작했다. 외부에서 주입된 에너지에서 벗어나 진짜 생명력에 눈 떴기에 폐허가 된 세상이 그리 어둡게 보이지는 않았다. 자기 안의 힘을 깨달은 사람들은 스스로 무엇이든 할 수 있을 것 같았다. 새로운 세상을 만들고 새로운 질서를 구축해 새로운 삶을 살 수 있으리라는 희망으로 부풀어 있었다.

"이제 어디로 가지?"

대폭발이 일어난 뒤, 누군가 물었다. 모두의 물음이었다.

"어디서 살까?"

아무도 대답하지 않았다. 침묵이 잠시 이어졌다.

사람들은 문득 빈 손목이 시렸다. 소울머신을 괜히 떼어 냈나, 하는 생각이 스치기도 했다.

그때, 목소리가 들렸다.

"숲."

주나였다.

사람들이 주나를 바라봤다. 흔들리는 눈들이 주나 눈에 들어왔다. 사람들이 무슨 생각을 하고 있는지 주나는 알고 있었다. 곁에 있는 두 소년, 리후와 공한도 비슷한 눈빛을 보내고 있었다.

"무너진 도시에선 더 이상 살 수 없어."

주나가 두 소년을 똑바로 바라봤다.

"하지만……."

"그렇다고 숲이라니?"

두 소년이 이어서 말했다.

"숲에서 사람이 살 수 있을까?"

"야생의 것들이 우글거리는 곳에……."

"그곳엔 집도 없을 테고……."

사람들이 덧붙였다.

"집은 지으면 되죠."

주나가 눈을 빛냈다.

"글쎄, 집 짓는 일이 말처럼 쉬운 일은 아닐 텐데."

"구역 안에서 살아도 되는데 굳이 숲에 가야 할까?"

또 다른 사람들이 한마디씩 거들었다.

"구역 안에서 살 순 없어요."

혼란스러워하던 공한이 생각을 정리한 듯 다시 입을 열었다.

"도시를 재건할 수 있지 않을까요?"

누군가의 물음에 공한이 고개를 저었다.

"왜 안 된다는 거지?"

누군가 다시 물었다.

"도시는 곧 봉쇄될 거예요. 알파존부터."

강한 자기장의 영향을 받았던 지역은 사람이 살 수 없는 땅으로 변하게 된다. 사람만이 아니라 그 어떤 생명체도 생존할 수 없는 곳. 강력한 에너지가 머물렀던 곳은 그 에너지가 사라진 뒤 껍데기만 남는다. 알파존의 땅이 갈라지고 건물이 무너지는 건 시간문제였다.

"봉쇄된다고? 언제?"

"사나흘 안에 그렇게 될 거예요. 그러니 어서 이곳을 떠나야 해요."

공한이 말했다.

"떠나야 한다면서 숲으로는 못 가겠다는 거야?"

주나가 공한에게 물었다.

"못 가겠다는 건 아냐. 다만, 숲이라니 조금 낯설었던 거지."

공한은 태어나서 한 번도 도시 밖으로 나가 본 적이 없었다. 소울시의 최연소 연구원이었던 공한은 십구 년을 도시 중심의 타워 안에서만 살아왔다.

"도시를 다시 살릴 가능성은 없는 건가?"

"죽은 것을 어떻게 다시 살리겠어?"

"우리에겐 새로운 삶이 필요해."

사람들이 말했다.

"그럼 알파존을 제외한 다른 구역들은 어떻게 되지?"

리후가 공한을 보며 물었다. 과녁판처럼 생긴 소울시의 네 구역이 그의 머릿속에 떠올랐다. 소울시는 중심부인 알파존을 비롯해 베타존, 감마존, 델타존으로 구성되어 있었다. 알파존에 살던 이들은 넘치는 소울로 풍요로운 삶을 누렸고, 중심에서 멀어질수록 사람들의 삶은 비참해졌다. 델타존에 사는 하층민들은 소울이 부족했기에 매일같이 노동했음에도 빈곤에 허덕였다.

"그다음으로 베타존이 알파존처럼 될 거야. 감마존, 델타존까지 서서히……."

공한이 담담한 어조로 설명했다.

"그렇다면 정말 숲으로 가야 하는 거 아냐?"

주나가 공한을 보며 물었다.

"안전한 곳이 숲밖에 없다는 거잖아."

"이론상 그렇기는 하지……."

공한이 말꼬리를 흐렸다. 그러면서도 자신이 아는 것을 사람들에게 있는 그대로 전했다. 가능하면 자기장의 영향을 받지 않은 깊은 숲속으로 들어가야 한다고. 사람들은 마지 못해 고개를 끄덕이면서도 굳은 얼굴을 쉽게 풀지 못했다.

"갈 곳이 없긴 해, 그곳밖에는……. 숲 너머에 또 다른 세계가 있다면 모를까."

공한이 맥없이 중얼거렸다.

"정말이야? 살 데가 정말 숲밖에 없는 거야?"

리후가 큰소리로 물었다. 공한이 고개를 끄덕였다.

주나는 일찌감치 깨닫고 있었다. 자신이 가야 할 곳, 모두가 살 곳이 어디인지를. 용솟음치던 에너지의 폭포 속에서 초록빛 생명이 에메랄드처럼 가슴에 박혔다.

숲.

그 생명의 땅이 자신을 부르는 것을 느꼈다. 그곳에 집을 짓고 자유로운 자연인으로 살고 싶었다. 신선한 공기를 마시고 진한 흙냄새를 맡으며 자연의 비를 맞고 싶었다. 야생은 이제 주나에게 두려움의 대상이 아니었다.

숲에 대한 열망은 곧 나다수에 대한 그리움이기도 했다. 나다수는 주나에게 자연의 힘을 일깨워 준 사람이었다. '숲의 마녀'라 불리던 그녀는 소울 시스템이 무너지기 전부터 숲에서 살아가던 유일한 존재였고, 주나의 스승이자 은인이었다. 지금 주나에겐 그녀가 필요했다.

'그곳에 가면 그분을 다시 만나게 될지도 몰라.'

주나는 나다수를 느꼈다. 자신의 영혼을 느끼듯 그녀를 느꼈다. 소울시의 권력자들에 의해 죽은 것으로 알려졌지만 그녀는 죽지 않았을 것이다. 그렇게 쉽게 사라질 사람이 아니다. 주나는 직감으로 알 수 있었다.

직감은 소울머신을 떼어 낸 뒤 점점 더 진해졌다. 메아리치던 영혼의 소리가 이제는 몸과 하나 되어 함께하는 것 같았다. 어떤 때는 감정으로, 어떤 때는 생각으로, 그 소리가 등장해 길을 안내하고 있었다. 주나는 매일같이 영혼에게 말했다.

'나다수 님에게 나를 안내해 줘.'

주나는 그녀를 처음 만났던 날이 떠올랐다. 그녀를 만나기 위해 소울시의 경계를 처음 넘었던 날. 두려움에 떨며 바깥 세계로, 숲으로 갔던 그때, 주나는 혼자였다. 그러나 이제는 그렇지 않았다. 주나 곁에는 누구보다 든든한 사람들이 있었다.

리후와 공한.

소울머신을 버리고 진짜 생명력을 깨달은 순간부터 셋은 하나의 공동체가 되었다. 주나에게 리후는 처음으로 손을 맞잡아 준 동료이자 연인이고 공한은 소울 시스템의 진실을 밝혀 준 사람이자 친남매 같은 오빠였다. 세 사람은 가족이나 다름없었다.

"네가 앞장서."

리후가 주나의 마음을 읽은 듯 말했다. 용기를 내야 했다. 이제는 혼자가 아니니까.

공한도 고개를 끄덕였다. 그들을 본 몇몇 사람들도 그렇게 했다. 그러나 선뜻 걸음을 옮기는 사람은 없었다. 누군가 먼저 행동을 해야 했다. 에너지의 방향을 만들어야 했다. 그러면 그것이 자연스럽게 흘러갈 것이다.

주나가 말없이 몸을 움직였다. 마음이 가는 대로, 에너지의 흐름대로, 부드럽고 유연하게. 리후와 공한이 한 걸음 뒤에서 주나를 따랐다.

얼마쯤 그렇게 걷던 중 리후가 입을 열었다.

"우린 지금 이 도시를 마지막으로 밟은 거네."

"아쉬운 모양이네."

주나가 리후를 바라봤다.

"조금은."

리후가 씁쓸한 얼굴로 말했다. 그리고 덧붙였다.

"언젠간 여기서 다시 살 수 있지 않을까?"

주나는 대꾸하지 않았다. 아무래도 그럴 일은 없을 거라고 생각했다.

"숲은 무서운 곳이 아니야. 오히려 인공 에너지로 구축된 도시보다 훨씬 살 만한 곳이지. 숲에 가 보면 내 말을 이해하게 될 거야."

주나가 정색을 지으며 둘에게 말했다. 그리고 자신이 숲에서 지냈던 경험을 들려주었다. 나다수 이야기는 공한에겐 처음 털어놓는 것이었다.

주나의 말을 들은 공한의 눈이 휘둥그레졌다. 공한은 여태껏 나다수를 숲의 마녀로만 알고 있었다. 알파존 컨트롤러들이 그녀에 대해 이야기했을 때도 공한은 그 존재에 대해 별 관심이 없었다. 그런데 주나가 그런 사람과 함께 살았다니.

"너는 정말 많은 경험을 했구나. 내가 알파존에 머무는 동안⋯⋯."

공한은 알파존 연구실에서 보냈던 무수한 나날들이 떠올랐다. 거짓투성이였던 소울 시스템을 위해 아까운 시간을 허비해 왔다는 걸 절실히 깨달았다. 주나처럼 생생하고 짜릿한 경험은 조금도 해 보지 못한 채, 온실 안에 갇혀 연구하는 기계처럼 살아온 것이다.

"어서 가자."

공한이 쓴웃음을 거두며 걸음을 재촉했다.

02

새로운 세계

어느새 셋은 알파존을 지나 베타존에 이르렀다. 리후는 자신이 살던 집에 들러 옷가지와 필요한 물건들을 챙겼다. 원래는 아버지의 유품인 책을 챙기려고 집에 들른 것이었다. 그런데 막상 아버지의 흔적이 눈에 들어오자 저절로 고개가 돌아갔다. 리후는 깨달았다. 이제 부모를 완전히 떠나보내야 한다는 것을.

"그냥 가자."

리후가 앞을 보며 말했다. 새 인생을 살자고 마음먹으니 잿빛 도시가 죽은 세계처럼 느껴졌다. 숲의 생명력이 주나를 타고 자신에게 전해진 것 같았다.

'모든 건 마음 먹기에 달린 거야.'

그건 공한도 마찬가지였다. 이전까지 알파존 밖으로는 나가지 않았던 그였지만 베타존 또한 알파존과 크게 다를 것 없는 구도시의 일부라는 걸 알았다.

'소울시는 이미 무너졌으니까. 나의 과거와 함께.'

공한은 쓸쓸하게 웃었다.

"이제부터 보드를 타고 가자."

리후가 거리에 쓰러져 있는 가우스 보드를 일으키며 말했다. 바퀴가 두 개 달린 일인용 보드였다.

"그래, 빨리 떠나자."

가우스 보드에 몸을 실은 셋은 빠르게 베타존을 지나 감마존에 이르렀다. 주나가 살던 곳이었다. 시에서 배정해 준 부모와 함께 살던 집에서 가져갈 것은 없었다. 이전에 입던 옷들은 이제 입고 싶지 않았다. 그토록 아끼던 초록 드레스도 마찬가지였다. 주나는 자신이 거인처럼 커 버렸다고 생각했다. 몸은 그대로인지 몰라도 마음은 분명 그랬다. 그래서 작고 낡은 옷은 더 이상 입을 수가 없었다.

"너도 다 버리고 갈 거야?"

019

리후가 웃으며 물었다. 주나가 고개를 끄덕였다.

"이 구역은 그냥 지나치자."

리후가 크게 말했다.

"델타존은?"

"거기도."

쌩쌩 달리는 보드 위에서 바람처럼 짧은 대화가 오갔다. 주나와 리후는 눈을 맞추고 힘차게 앞으로 나아갔다. 공한은 두 사람보다 저만치 앞서 달리고 있었다. 뒷모습에서 당당한 기개가 느껴졌다.

'숲, 생명, 에너지 그리고 나…….'

공한은 새로운 세계에 대한 기대감으로 부풀어 있었다. 알파존 연구소에서 자라는 인공 식물이 아닌 진짜 생명체가 자라나는 곳. 시스템의 통제 속에 갇혀 있던 소년이 아니라 활기차게 살아 있는 자신. 그런 새로운 자기를, 지금보다 커진 존재를 새로운 세계 속에서 만날 수 있을 것 같았다.

두 친구와 함께라서 더욱 좋았다. 두 살 아래 동생들이지만 공한은 주나와 리후가 자신보다 더 어른처럼 여겨졌다. 특히 주나가 그랬다. 그녀의 다채로운 인생 경험과 야생의 에너지 때문이라고 공한은 생각했다.

*
**

세 사람은 감마존 끝에 있는 빈집에서 하룻밤을 묵었다. 그리고 이른 아침, 다시 숲을 향해 달렸다. 어느새 델타존까지 모두 지나쳤다.

주나는 네 구역을 통과하고 나니 과제를 끝낸 듯한 기분이 들었다.

"숲이다."

리후가 말했다. 셋은 보드에서 내려 주변을 둘러봤다. 싱그러운 숲 냄새가 났다.

"공기가 다르네."

공한이 깊게 호흡하며 말했다. 처음 맡아 보는 숲의 냄새였지만 전혀 거슬리지 않았다. 오히려 마음이 차분해지고 기분이 좋아졌다.

"어때?"

주나가 물었다.

"신선하고……."

"상쾌해."

공한과 리후가 이어서 대답했다.

"다행이다."

주나가 두 소년을 바라봤다.

"숲길을 걸어 볼까?"

"그래."

"내가 앞장설게."

주나가 먼저 걸음을 옮겼다. 주나에겐 익숙했다. 혼자서 나다수의 집을 오가던 길이었으니까.

리후와 공한은 주나보다 한 걸음 뒤에서 따라왔다. 숲의 입구에는 나무나 풀이 그리 많지 않았다. 그런데도 식물들의 에너지가 느껴졌다. 인공 식물이 아닌 진짜 식물의 기운. 그것을 처음 느껴 보는 리후와 공한은 약간 소름이 돋기도 했다.

"마치 식물들이 의식을 가지고 있는 것 같아."

공한이 소리를 낮춰 말했다.

"형도 그런 느낌이 들어? 나도 그런데."

리후가 덧붙였다. 스스로 목소리를 내며 자기를 광고하던 인공 식물들이 떠올랐다. 그때의 이미지가 남아 있기 때문일까.

"마치 우리가 하는 말을 알아듣는 것 같아."

리후가 다시 말했다. 마치 그렇다는 대답인 듯 나뭇잎 하나가 아래로 떨어졌다. 공한과 리후가 함께 미소를 지었다.

주나는 나다수가 떠올랐다. 그녀에게 숲은 곧 나다수였다. 나다수가 살던 곳. 나다수가 살던 땅. 나다수가 살던 세계. 숲의 냄새가 나다수의 냄새였고 숲의 기운이 나다수의 품이었다. 주나는 자신이 어디로 가고 있는지 알고 있었다.

나무로 지어진 나다수의 집. 누군가가 나다수의 집을 불태웠고 그렇게 그녀가 죽었다는 소식을 들은 뒤 그곳에 가본 적은 없었다. 그러나 주나는 그 집이 여전히 그 자리에 있을 것 같았다. 나다수가 여전히 살아 있는 듯 느껴지는 것처럼.

그러나 그것은 주나의 바람일 뿐이었다.

"없어……."

나무 집이 있던 자리엔 아무것도 없었다. 사건이 일어난 뒤 누군가 정리를 한 것처럼 말끔했다.

"여기가 그 집이 있던 자리야?"

리후가 물었다. 주나가 고개를 끄덕였다.

"어떻게 이렇게 깨끗하지?"

공한이 중얼거리듯 말했다. 집이 있던 흔적이 하나도 남아 있지 않은 것이 좀 이상했다.

주나는 눈시울이 뜨거워졌다. 집이 사라진 것처럼 나다수도 영원히 사라진 것 같았다. 헛된 기대를 품었던 자신이 어리석게 느껴졌다.

주나는 고개를 흔들었다. 그리고 하늘을 보았다. 눈가를 적셨던 물기가 말랐다. 꿈이라면 빨리 깨어나야 했다. 살길이 막막했다. 무작정 숲으로 들어오긴 했지만 셋은 가진 것이 아무것도 없었다. 집도 없이 이런 곳에 머물 수는 없었다.

"이제 어떡하지?"

주나가 두 사람을 보며 물었다.

"원래 여기서 살려고 했던 거야?"

공한이 주나에게 물었다.

"응. 전부 타 버렸을 줄은 몰랐어. 나다수 님의 흔적만 있다면 어떻게 해서든 살 수 있다고 믿었고."

주나는 몸에 기운이 쫙 빠지는 기분이 들었다. 생각과 함께 에너지가 상승하거나 추락하는 느낌이 드는 것이 새삼

신기했다. 조금 전까지만 해도 소울을 가득 충전한 것처럼 에너지가 차오르는 느낌이었는데, 집이 사라진 것을 확인하니 순식간에 에너지가 고갈된 느낌이 든 것이다.

주나는 소울머신 없이도 생명 에너지의 수준을 스스로 감지할 수 있다는 걸 깨달았다. 조금만 신경 써서 관찰하면 수치로 말할 수도 있을 것 같았다. 어쩌면 소울에 의존해 살았던 경험이 그런 능력을 만들었는지도 몰랐다.

"다시 돌아가야 할까?"

리후가 낮은 목소리로 말했다. 아무래도 그래야 할 것 같았다. 숲은 생각했던 것만큼 무섭거나 불쾌한 공간은 아니었지만, 아무것도 없는 곳에서 살 수는 없었다. 그리고 막상 숲에 들어와 보니 자연의 기운이 조금 으스스하기도 했다. 인간이 마음대로 조절할 수 있는 인공 식물이 아닌 스스로 자라나는 자연 식물이 괴물처럼 느껴지기도 했다. 거대한 나무들은 더욱 그런 분위기를 풍겼다.

"그래도."

잠자코 있던 공한이 갑자기 입을 뗐다. 두 사람이 공한을 바라봤다.

"돌아가진 말자."

공한이 딱딱한 얼굴로 이어 말했다.

"구역으로 돌아가지 말자고? 그럼 어디서 살게?"

리후가 의아한 표정으로 공한을 바라봤다.

"그건 모르겠지만…… 파괴된 곳으로 돌아가는 건 별로 내키지 않아. 이미 우린 그곳을 떠나왔잖아."

공한의 표정은 진지했다. 주나도 공한과 같은 생각이었지만 뭐라 말을 꺼내지는 않았다. 현실적인 해결책이 없었기 때문이다. 무작정 두 사람을 여기까지 데려온 것이 미안하기도 했다.

"우리는 그냥 잠깐 숲에 나왔을 뿐이야. 구역 델타존에서는 살 수 있을 거야. 그곳은 알파존만큼 파괴되지 않았으니까."

리후는 도시로 돌아가야 한다고 생각했다. 수풀 외엔 아무것도 없는 맨땅에서 맨주먹으로 무엇을 한단 말인가?

"아까는 숲으로 가자고 하지 않았어?"

공한이 리후에게 물었다.

"그래, 아까는 그런 생각이었지만 다시 마음이 바뀌었어."

"그렇게 빨리?"

공한은 아까도 리후가 금방 마음을 돌렸던 것을 떠올렸

다. 리후는 입을 다물었다. 사실 마음이 갈팡질팡하고 있었다.

"살 곳을 조금만 더 찾아보면 어때?"

공한과 리후 사이에 주나가 끼어들었다.

"여기서?"

"응. 숲에서."

나다수의 집은 깊은 숲속이 아니라 구역에 가까운 숲 입구 쪽에 있었다. 주나는 더 깊은 곳으로 들어가 본 적은 없었다. 안으로 들어가면 뭔가가 나올지도 몰랐다. 왠지 그런 느낌이 들었다. 하지만 두 사람에게 그런 말을 입 밖으로 내지는 않았다. 말로 하는 것보다는 실제로 보여 주는 것이 필요했다.

두 소년은 잠시 말을 삼켰다. 두 갈래 길 앞에서 결정을 해야 했다. 어쩌면 인생이 바뀌는 큰 결정인지도 몰랐다.

"그래, 가 보자."

리후가 먼저 대답했다. 리후는 숲에서 뭔가가 나올 것이라고는 믿지 않았다.

'결국 아무것도 발견하지 못하고 도시로 돌아가게 될 테니까⋯⋯.'

리후는 그렇게 생각했다. 확실하게 해 두고 떠나는 것이 좋겠다고.

"조금 더 안쪽으로 들어가 보자."

공한도 대꾸했다. 일부러 목소리를 조금 높였다. 여기까지 왔는데 그냥 돌아갈 수는 없다고 생각했다. 아직 숲을 제대로 구경조차 못 해 봤으니까. 숲속에 살 곳이 있든 없든 조금 더 안으로, 구역에서 더 바깥으로 나가 보고 싶었다. 그렇게 생명 에너지를 더 들이켜고 싶었다.

03
새로운 집

셋은 숲길을 따라 걸었다. 들어갈수록 나무들도 울창해지고 숲의 공기도 진해졌다. 그리고 점점 더 으스스한 느낌이 들었다. 셋 모두가 그것을 느꼈지만 리후가 유독 그랬다. 어릴 때부터 들어왔던 숲에 대한 무서운 이야기들이 생생하게 떠오르기도 했다.

'그만 돌아가자고 말할까?'

팔에 돌아나는 소름을 문지르며 리후는 생각했다. 그러나 주나와 공한의 발걸음은 쉼 없이 움직이고 있었다. 두 사람은 리후보다 걷는 속도가 빨랐다. 아무도 말을 꺼내지 않았다. 셋 모두가 숲의 일부인 듯 고요했다.

숲은 침묵으로 가득 찬 세계였다. 그 침묵이 마치 살아 있는 듯해 함부로 소리를 낼 수가 없었다. 신성한 침묵, 그 것이 공기처럼 숲을 채우고 있었다.

리후는 소울인으로 살던 시절이 떠올랐다. 아버지와 어 머니도 생각났다. 아버지는 소울시의 권력자들에게 희생당 했다. 어머니와는 대폭발이 일어나기 전에 이별했다. 소울 시스템이 불안정해지자 불안감에 빠진 사람들은 살기 위해 서로의 소울을 빼앗았다. 어머니는 그런 혼란의 희생자였 다. 두 분의 죽음 모두 갑작스러웠기에 오래 슬퍼할 겨를도 없었다. 문득 돌아보니 부모와 함께 살던 시절이 그리웠고 아버지와 어머니가 보고 싶었다.

리후는 눈시울이 뜨거워졌다.

'내가 제대로 가고 있는 걸까. 이렇게 소울시에서 벗어나 는 게 맞는 걸까⋯⋯.'

아무런 미련 없이 앞으로 나아가는 주나와 공한이 부럽 기도 했지만 또 한편으로는 야속하기도 했다. 그러나 두 사 람은 걷는 내내 뒤를 돌아보지 않았다. 리후도 앞만 바라봤 다. 그렇게 계속 걷다 보니 옛 생각이 점점 희미해졌다.

셋은 한참 동안 숲길을 걸었다. 얼마나 그렇게 갔을까. 숲길이 끝나고 조금 넓은 평원이 펼쳐졌다.

"저기!"

갑자기 주나가 소리쳤다.

"어!"

리후와 공한도 외마디 소리를 질렀다. 세 사람은 걸음을 멈췄다.

"저게 뭐야?"

집이었다. 나무로 지어진 집. 주나의 가슴이 쿵쾅거렸다. 눈시울이 뜨거워졌다. 주나는 집을 향해 달려갔다. 소년들도 뒤를 따랐다.

"계세요?"

주나가 나무 집의 문을 두드렸다. 한참을 반복했지만 안에서는 기척이 없었다. 창문도 막혀 있어 안을 들여다볼 수 없었다.

"누가 사는 집일까?"

공한이 물었다.

"아마도⋯⋯."

"그분?"

리후가 말했다. 주나가 리후와 눈을 맞췄다.

주나는 직감했다. 이곳이 나다수의 집이라는 것을. 주나가 머물렀던, 지금은 사라진 그 집과 꼭 닮은 나다수의 집. 그녀의 냄새가 났고 그녀의 기운이 느껴졌다.

'살아 계셨구나.'

눈물이 쏟아질 것 같았다. 그리고 에너지가 솟구치는 것이 느껴졌다. 나다수를 다시 만난다고 생각하니 그동안의 힘겨웠던 시간이 빛으로 차오르는 듯했다.

주나는 나다수의 모습을 상상했다. 조금도 변하지 않은 모습으로, 이전과 똑같이 미소 지으며 안아 줄 것 같았다. 금방이라도 문을 열고 나다수가 나올 것만 같아 주나는 몸이 떨렸다.

"그분의 집이 확실해?"

공한이 주나를 보며 물었다.

"그런 것 같아. 집 모양이 비슷하고, 설명하긴 어려운데 느낌이 그래."

주나는 그렇게 말하며 집을 둘러봤다. 좀 더 확실한 증거를 찾기 위해서였다.

"이건……."

집의 옆면에 새겨진 글자, 그것에 주나의 시선이 꽂혔다.

"이리 와 봐."

주나가 두 소년을 불렀다. 리후와 공한이 다가와 셋이 같은 것을 보았다.

"주나?"

리후가 말했다. 나무 집 외벽에 새겨진 글자는 바로 '주나'였다.

"아……."

주나의 눈에서 눈물이 흘러나왔다. 주나는 세상 모든 것을 가진 듯 가슴이 벅차올랐다. 이제 아무것도 두렵지 않았고 더 바랄 것도 없었다.

'나다수 님이 살아 있다……. 그리고 이제 그녀를 만난다…….'

주나는 가만히 서서 나다수와 만날 준비를 했다. 잠시 외출한 모양이니 곧 돌아올 것이다.

"그분은 네가 여기까지 올 줄 아셨나 봐."

리후가 주나를 보며 말했다.

주나가 힘껏 고개를 끄덕였다.

"숲에서 살 곳을 찾자더니 결국 찾았네."

공한이 주나의 어깨에 손을 얹으며 말했다.

"그런데 그분은 어디 가신 거지?"

어느새 해가 저물고 있었다. 셋은 집 앞에 앉아 나다수를 기다렸다. 그러나 한 시간이 넘도록 그녀는 오지 않았다.

"혹시 지금은 이 집에 살지 않는 걸까?"

공한이 자리에서 일어섰다. 그러고 보니 집 앞에 수풀이 무성했다. 그것들이 누군가의 손에 관리되고 있는 것 같지는 않았다.

"그런가?"

주나와 리후도 자리에서 일어났다. 그리고 이번엔 리후가 문을 두드렸다. 역시 기척은 없었다.

"안으로 들어가 보자."

주나가 문고리를 돌렸다. 허무하게도 고리는 쉽게 돌아갔다.

"이렇게 쉽게 열릴 줄이야……."

세 사람은 조심스럽게 안으로 들어갔다. 집은 깨끗했다. 나무로 만든 침대와 식탁, 약간의 세간이 갖춰져 있었다.

그러나 사람이 살고 있는 곳은 아닌 것 같았다. 마치 손님을 위해 마련해 둔 게스트 룸처럼 보였다.

"주나 너를 위해 준비해 놓으신 건가 봐."

"그래, 그런 것 같아."

주나는 나다수의 손길을 느꼈다.

"어? 저건……."

주나가 식탁 근처로 다가갔다. 거기엔 익숙한 형태의 찻잔이 놓여 있었다. 나다수와 함께 차를 마셨던 그 찻잔이었다.

다시 눈시울이 뜨거워졌다. 주나는 찻잔을 한 손에 올리고 그것을 쓰다듬었다. 자신과 나다수 그리고 모든 존재를 연결하고 있는 에너지의 흐름을 느꼈다. 나다수가 어디에 있든 이제 중요하지 않았다. 그녀는 살아 있었고, 언제나 주나와 함께 있었다. 이렇게, 주나는 '집'에 도착했으니까.

'이곳이 나를 불렀구나.'

리후가 가만히 주나 곁에 섰다.

"집은 도시가 아니라 여기에 있었어."

리후가 말했다. 잿빛 구역으로 돌아가려 했던 자신이 부끄럽게 느껴졌다. 아까 혼자서 했던 생각을 친구들에게 말하지 않은 것이 다행이었다. 왜 그렇게 숲이 무섭게 느껴졌는지도 이해가 되지 않았다.

"그래, 나도 왠지 숲속으로 가고 싶었어."

공한이 덧붙였다. 그리고 리후와 주나를 양손으로 가볍게 끌어안았다. 두 사람의 체온이 느껴졌다.

"우린 진짜 가족이 됐네."

주나가 말했다.

"그래, 한집에 사는 가족이야."

리후가 다시 두 사람의 손을 잡으며 말했다.

"함께 있어 줘서 고마워."

공한도 잡은 손에 힘을 주었다.

집과 가족. 나를 위해 마련된 집과 내가 선택한 가족. 주나는 자신에게 이런 귀중한 것이 주어진 사실에 감사했다. 이제야 비로소 모든 것이 제자리를 찾은 것 같았다. 자신과 맞지 않는 세상에서, 가족처럼 느껴지지 않았던 부모와 함께, 언제나 두려움에 떨며 살았던 소울시의 나날이 꿈처럼 희미했다. 다시는 꾸고 싶지 않은 악몽이었다.

이제는 그런 가짜 세계에서 벗어나 진짜 삶을 살리라 생각했다. 두려움을 뚫고 앞으로 나아간 행동이 옳았음을 다시 깨달았다. 앞으로 더 큰 어려움이 온다 해도 이겨 낼 수 있을 것 같았다. 그리고 이제 정말 살고 싶은 곳에 도착했다는 것, 그것이 무엇보다 중요했다.

"앞으로 이곳에선 좋은 일만 있을 거야."

주나의 마음을 알아챈 듯 리후가 말했다.

"맞아, 그럴 거야. 이제야 나도 진짜 생명을 느껴."

공한이 두 팔을 들어 크게 기지개를 켰다. 작고 허름한 공간이었지만 이곳이 진짜 집처럼 느껴졌다. 화려한 알파존에서도 느낄 수 없었던 고향의 느낌, 그것이 이곳에 있었다.

"그분이 어떤 사람인지 알 것 같아."

공한이 집을 둘러보며 중얼거렸다. 리후가 고개를 끄덕였다.

04
새로운 몸

숲속 나무 집에서 산 지 한 달이 지났다. 세 사람은 자연
속 생활에 자연스럽게 적응해 갔다. 그러는 동안 과거에 소
울인이라 불렸던 사람들이 하나둘 숲으로 모여들었다. 처
음에는 무너진 도시에서 쫓기듯 숲으로 왔지만 일단 들어
오니 숲은 그렇게 무서운 곳이 아니었다. 오히려 생명에 눈
을 뜬 그들에게 어디보다도 어울리는 곳이었다.

이제 숲에 거부감을 느끼는 사람은 없었다. 거부감이 없
는 정도가 아니라 원래부터 숲에 살았던 것처럼, 거기서 태
어나고 자란 이들처럼 모두가 자연에 동화되어 갔다. 숲의

강력한 에너지가 그들을 그렇게 만들었다. 그들은 숲의 에너지에 녹아들었고, 초록의 생명력으로 몸과 마음이 물들어 갔다.

'영혼의 집' 사람들은 특히 그랬다. 청하와 명하, 일명 청명 커플이었다. 소울인 시절부터 틈틈이 소울머신을 빼고 살던 이들이었다. 청하와 명하는 자신들이 오랫동안 꿈꿔온 인생이 펼쳐지고 있다고 생각했다. 소울머신이 없는 세계, 모두가 진짜 생명에 눈뜬 세상, 그 속에서 사랑으로 함께하는 사람들.

'내 직감이 정말 옳았던 거야.'

청하는 생각했다. 그는 어렸을 때부터 남들과 다른 면이 있었다. 열두 살 무렵, 청하는 처음으로 소울머신을 빼 보았다. 아무도 시키지 않은 행동이었고 어디서도 들어 본 적 없는 일이었다.

'이것을 빼면 죽게 될까?'

이런 생각이 문득 들었던 것이다. 그때는 죽음이 무엇인지도 잘 몰랐다. 생명력이 고갈된 사람들이 쓰러지는 것은 보았지만, 쓰러진 다음 그들이 어떻게 되는지는 알지 못했다. 소울 에너지가 바닥나서 사람이 사라지는 것이 이상하게 여겨졌다. 그 사람들이 어디로 가는지도 궁금했다. 그들의 몸은 지금 어디에 있는가? 또 다른 세계에서 새로운 에너지를 충전받으며 살고 있는 건 아닐까?

어린 청하는 모든 것이 궁금했고 신비로웠다. 죽음이란 것을 한번 경험해 보고도 싶었다. 자신은 쓰러지더라도 일어날 수 있을 것만 같았다. 그래서 그는 소울머신을 빼 보았다. 자기력 때문에 떼어 내기가 조금 힘들었고, 빼는 순간 몸이 찌릿하긴 했다. 하지만 특별한 일은 일어나지 않았다.

"어, 이상하다."

모두가 소울머신을 빼면 죽는다고 했는데, 에너지가 고갈돼 쓰러지는 걸 봤는데. 쓰러지기는커녕 소울이 공급되지 않는데도 오히려 힘이 났다. 그 힘은 소울 에너지와 다른 것이었다. 그것이 뭔지는 알 수 없었지만 소울보다는 좋은 것 같았다. 청하는 그렇게 몇 시간을 소울머신 없이 보냈다.

그런 청하를 발견한 건 어머니였다.

"아악!"

청하의 어머니가 기겁하며 소리쳤다.

"소울머신! 소울!"

어머니가 청하의 하얀 손목을 붙잡으며 외쳤다. 청하는 태연하게 소울머신을 어머니에게 내밀었다.

"이거 없어도 괜찮은데요."

청하가 말했다.

"어머!"

어머니는 손을 부들부들 떨며 청하의 손목에 소울머신을 채웠다.

"이게 대체……."

어머니는 청하를 보며 말을 잇지 못했다.

"제가 죽은 건가요?"

청하가 어머니에게 물었다.

"뭐?"

어머니는 어안이 막혀 아들을 빤히 바라봤다. 이 아이는 좀 특이하다, 뭔가 이상하다. 그녀는 그렇게 생각했다. 자신이 감당할 수 없는 아이라고. 전부터 그렇게 여겨 왔지만 아이가 커갈수록 점점 더 그렇게 느꼈다.

어머니의 연락을 받은 아버지가 급히 집으로 왔다. 아버지의 반응도 어머니와 다르지 않았다. 청하는 크게 혼이 났다. 그리고 다시는 이런 일을 저지르지 않겠다고 부모와 약속했다. 청하는 성인이 될 때까지 그 약속을 지켰다.

하지만 그때의 경험이 그에게 원형처럼 남아 있었다. 그것을 빼도 죽지 않는다는 것. 아무 일도 일어나지 않는다는 것. 오히려 더 힘이 나고 기분이 좋아진다는 것. 그는 이런 이야기를 누군가에게 털어놓고 싶었지만 아무에게도 입을 열지 못했다. 생각을 나눌 사람을 만나고 싶었지만 오랫동안 찾지 못했다.

청하는 열아홉 살이 되었을 때 명하를 만났다. 자신과 같은 나이에, 같은 글자의 이름을 가진 그녀에게 청하는 첫눈에 반했다. 그녀는 차분하고 아름답고 생각이 깊었다. 그리고 무엇보다 자신과 비슷한 생각을 가지고 있었다. 그녀 또한 소울머신을 벗고 싶다는 생각을 오래전부터 해 왔다는 것이었다.

"손목만이 아니라 온몸이 거기 감겨 있는 것 같아."

그녀는 말했다. 소울머신이 마치 번데기의 갑옷 같다고 했다.

"우리는 그 번데기에서 탈피해야 하는 거야. 나비가 되려면."

"맞아. 그렇게 소울인에서 완전인이 되는 거지. 진짜 인간⋯⋯."

청하와 명하는 서로 이야기를 나누며 확신을 갖게 되었고 함께 소울머신을 뺐다. 스무 살의 봄날이었다. 그리고 아무것도 감겨 있지 않은 맨몸으로 밤을 함께 보냈다. 나비가 된 몸은 서로를 흡수하며 하나가 되었다. 그들은 알게되었다. 진짜 인간과 진짜 몸과 진짜 에너지가 무엇인지를.

청하와 명하는 서로의 에너지를 느꼈다. 날것 그대로의 생명 에너지를. 무한한 에너지의 바다에서, 그들은 인간이 소울머신 없이 살 수 있다는 걸 온몸으로 깨달았다. 인간은 영혼의 생명체이지 기계가 아니라는 것을.

영혼의 집을 함께 만든 건 그즈음이었다. 몇 년이 흐른 뒤, 그곳에 생명력 넘치는 소녀 주나가 찾아왔다. 소울머신 없이도 살 수 있다는 자신들의 말을 어렴풋하게나마 이해하는 주나와 친구가 되었다. 그리고 소울시에서 대폭발을 함께 겪고 여기에 이르렀다. 이 숲에.

두 사람은 주나네 집 근처에 작은 나무 집을 지었다. 그리고 주나네 세 사람과 함께 살았다. 주나, 리후, 공한 그리고 청하와 명하. 이렇게 다섯이 한 가족처럼 어울렸다. 그들만이 아니라 숲으로 들어온 모든 사람이 한마음이었다.

숲은 모든 것을 품어 주었고 숲속의 모든 이들은 그 무한한 품에서 하나가 되었다.

"자연인은 자연 속에서 살아야지."

숲의 사람들은 자신들을 자연스럽게 '자연인'이라 불렀다. 과거 유일한 자연인이었던 나다수를 백안시했던 사람들이 스스로를 그렇게 부른다는 건 놀라운 일이었다. 그런데 이 자연인들은 과거의 자연인과는 다른 점이 있었다. '몸' 자체가 달랐다.

"우리 몸이 변한 걸까?"

청하가 물었다. 그는 아침부터 명하와 함께 주나네 집에 와 있었다. 어제 밤새 나누던 이야기를 이어 가기 위해서였다.

"바뀌었다고?"

공한이 청하를 바라봤다. 자기보다 세 살 많은 형이었지만 친구처럼 느껴졌다.

"분명해. 전과는 모든 것이 달라. 소울이 통과했던 몸이라서 그런지도 모르지."

명하가 대신 대답했다. 그녀는 실제로 자기 몸의 변화를 느끼고 있었다. 소울시에 살 때보다 몸이 훨씬 가볍고 투

명하게 느껴졌다. 그리고 몸의 모든 감각이 더 예민해졌다. 온몸의 세포들이 꽃잎처럼 살아 있는 듯했다.

"소울이 우리 몸을 바꿔 놓은 거라고?"

리후가 명하를 보며 물었다.

"그렇지 않고서야 어떻게 이렇게 살 수 있겠어?"

"그러게. 모두에게 같은 변화가 생긴 걸 보면……."

청하의 말에 주나가 넷을 둘러보며 입을 열었다.

"이게 진정한 자연인의 몸 같아."

넷이 한 몸처럼 고개를 끄덕였다.

"완전히 자족적인 몸."

"에너지를 스스로 충전하는."

이들 사이엔 요즘 이 문제가 가장 큰 화두였다. 이들뿐 아니라 숲속 자연인 모두에게 이것이 커다란 수수께끼였다. 사람들은 모이기만 하면 이 얘기를 나누었다.

사람은 먹지 않고 살 수 있는가?

그들은 지금껏 무엇도 먹지 않고 살아가고 있었다.

05

먹지 않는 사람들

물론 이전에도 그들은 먹지 않고 살았다. 소울시 사람들은 음식을 먹지 않았다. 그러나 그것은 '소울'이라는 에너지가 몸에 공급되기 때문이었다. 음식 대신 소울을 먹고 산 셈이다. 그런데 지금, 이들뿐 아니라 숲속에 머무는 모든 사람들은 한 달 동안 아무것도 먹지도, 충전받지도 않고 지냈다. 아무 탈 없이, 오히려 전보다 활기차게.

과거 자연인이었던 나다수도 음식을 먹었다. 적은 양이긴 해도 직접 기른 식물과 곡물을 섭취했다. 그러나 소울인에서 자연인으로 거듭난 주나와 친구들은 숲속에 사는 동안 음식에 대한 생각조차 하지 않았다. 그런 생각을 갖지 않는 것이 어쩌면 당연했다. 그들에게 음식이란 것은 미지의 무언가였다.

이들의 몸은 음식을 받아들인 적이 없었다. 이들의 마음은 음식을 먹은 기억이 없었다. 심신에 그것이 새겨져 있지 않기 때문에 그것 없이 살 수 있는 건지도 몰랐다. 소울시 밖 사람들은 음식을 먹고 산다는 걸 알고는 있었지만 그건 말 그대로 딴 세상 얘기, 외계인들 이야기와 같은 것이었다.

"새로운 뭔가가 끊임없이 몸속으로 들어오고 있는 것 같아. 보이지 않는 소울처럼."

청하와 명하가 집으로 돌아간 뒤 주나가 말했다. 이상한 얘기였다. 두 소년은 이 말에 어떻게 반응해야 할지 몰라 서로의 얼굴을 마주 봤다.

"에너지가 느껴지잖아. 숲의 공기에서."

주나가 이어 말했다. 그러자 리후가 조심스럽게 입을 열었다.

"글쎄, 정말 그런지도 모르지. 숨을 깊게 쉬게 된 것도 같고."

"호흡을 통해 생명 에너지가 우리 몸에 들어오고 있는

건지도."

공한이 덧붙였다. 물론 추측이었다. 하지만 그렇게밖에 생각할 수 없었다. 모든 생명체는 에너지를 필요로 한다. 과거에 소울인은 소울머신을 통해 생존에 필요한 에너지를 공급받았다. 과거 자연인들은 음식을 통해 에너지를 공급받았다. 그렇게 소울이든 음식이든 에너지를 몸에 넣어야 인간은 살 수가 있다. 그래야만 신체의 생명이 유지된다. 그는 그렇게 배웠고 그렇게 알고 있었다.

"그럼 우리 몸 자체가 소울머신이 된 건가?"

리후가 입꼬리를 올리며 말했다.

"그런 셈이지."

공한이 함께 웃었다. 주나는 웃지 않았다.

"정말 그럴까?"

주나가 두 소년에게 물었다.

소울머신을 제거한 뒤 그들은 외부 에너지원이 사라져도 살 수 있다는 걸 알았다. 그 폭발하는 생명 에너지 속에서, 모든 존재와 온 우주가 생명으로 가득 차 있다는 것을 깨달았다. 소울이나 음식 같은 건 필요 없었다. 모든 존재들은 생명 에너지 그 자체였다. 자체로 충족되는 완전한 소우주였다.

"이걸 우리 몸이 알게 됐기에, 먹지 않고도 살 수 있는 게 아닐까?"

주나가 말했다. 사실 모두 얼마간 그렇게 느끼고 있었다.

"가짜 에너지원에서 벗어난 몸이 정신을 차리고 원상태를 되찾은 건가?"

리후가 대꾸하듯 물었다.

"그렇다면 소울인으로 살았던 경험이 결국 우리를 이렇게 만든 거네."

공한이 말했다.

"소울로 인해 몸이 변한 건지도 몰라. 먹지 않고 살 수 있는 몸으로."

주나와 두 소년은 대화의 에너지를 주고받으며 자신들의 정신이 숲속 나무들처럼 싱싱하게 자라고 있는 것을 느꼈다. 생명과 존재의 진실에 눈뜨며, 그렇게 세 사람은 아이에서 어른으로 성장했다.

그러면서도 주나는 과거의 삶을 자주 곱씹었다. 소울을 벌기 위해 힘들게 일해야 했던 소울인들의 모습이 떠올랐다. 부모는 노예처럼 일했지만 그 대가로 얻는 소울 에너지는 늘 부족했다. 그 구역에선 누구나 그랬다. 아무리 많은 시간을 일해도 언제나 에너지 부족에 시달려야 했다. 돌이켜 보면 참 이상한 일이었다.

'많은 시간을 일했기 때문에 그런 거지.'

주나는 이제 그 비밀을 알게 되었다. 소울을 벌기 위해 노동을 하며 생명력을 축내고 그 노동의 대가로 에너지를 받아서 다시 노동을 한다……. 이렇게 쳇바퀴처럼 굴러가는 나날을 통해 인간은 죽은 기계와 그것이 공급하는 에너지 없이는 살 수 없게 된 것이다. 그렇게, 살아가며 죽어간 것이다.

소울인 시절, 주나는 부모에게 소울을 받으면서 매일같이 벌벌 떨어야 했다. 부모의 소울을 축내는 것이 불편했고, 에너지가 모자라 죽게 될까 두려웠다. 부모에게 기생하듯 매달려 있는 자신이 한심했지만 법 때문에 청소년은 소울을 벌 수도 없었다. 그저 분배된 소울을 최대한 아껴 쓰며 사는 수밖에 없었다. 매분 매초, 노심초사하며 그렇게 죽어가고 있었다. 그것이 소울인의 삶이었다.

주나와 이들은 자주 이런 대화를 나누었다.

"그것도 모르고 인공 에너지가 우리를 살린다고 믿었다

니. 어떻게 그렇게 어릴 수 있었을까 싶어."

리후가 말했다.

"어리석었던 거지."

주나가 말을 이었다.

"어리고 어리석은, 철없던 시절이었지."

공한이 웃으며 대꾸했다. 두 사람도 같이 웃었다.

공한은 자기야말로 진정 어리고 어리석은 알파인이었다고 생각했다. 모든 것을 누리고 있다고 믿었던 현실, 최고의 삶이라 생각했던 그 세계 전체가 허구의 성채였으니. 그래서 늘 마음 한구석이 답답하고 불편했던 것이다. 그러나 그때는 무엇 때문인지 몰라 고칠 수도 없었다. 세계와 존재를 지배했던 소울 자체가 문제였다고, 어떻게 짐작이나 할수 있었겠는가.

이젠 그 모든 증상이 사라졌다. 공한은 숲에서 한 달을 살면서, 과거 십구 년간 배운 것보다 더 많은 가르침을 얻었다. 그 모든 것이 진짜 에너지, 내면의 생명력에서 비롯한 것이었다. 그리고 그 생명 에너지는 소울 에너지와는 완전히 달랐다.

그리고 더 큰 것을 알게 되었다. 소울인으로서의 삶 또한 필요했다는 것을. 먹지 않고 살 수 있게 된 것, 어떤 외부 에너지에도 의존하지 않게 된 것은, 소울인으로 살았던 경험이 그들에게 준 선물이었다.

"전보다 더 힘이 나."

"나도 그래. 기운이 넘쳐."

두 소년이 말했다. 주나도 마찬가지였다. 심지어 지난날 나다수의 집에 찾아갔을 때보다도 지금이 훨씬 활기찼다. 몸과 마음이 나날이 새로워지고 생명으로 충만했다. 숲속 생활은 단순하고 소박했지만 그들의 마음은 지루할 틈이 없었다.

"정말 보이지 않는 힘이 우리에게 에너지를 주고 있는 것 같아."

"그래, 맞아. 나도 그걸 느껴."

"우리가 바로 그 힘 자체지."

셋은 말을 이으며 그 힘을 느꼈다.

주나는 식탁 위의 찻잔을 바라봤다. 그것은 지금까지 쓰인 적이 없었다. 차조차도 마시지 않기에 찻잔은 장식품이나 다름없었다. 나다수와 차를 나누던 시절의 온기와 향기가 생각나기도 했지만 그것을 마시고 싶은 마음은 들지 않왔다. 그것은 놀라운 변화였다. 그만큼 주나가 성장했다는 의미였다.

주나만이 아니었다. 셋은 서로를 의지하고 북돋우며 빠르게 성장해 갔다. 서로가 서로의 스승이었다. 셋이서 대화도 많이 나누었지만 아무 말도 하지 않아도 좋았다. 그들은 그저 존재하는 것만으로 서로를 키워 주었다. 주나에겐 리후와 공한이, 리후에겐 주나와 공한이, 공한에겐 주나와 리후가 그랬다. 세 사람은 한마음이었고, 셋이 하나였다.

주나는 이런 관계가 진정한 가족이라고 생각했다. 시에서 정해 준 관계가 아닌, 영혼의 이끌림으로 자연스럽게 이루어진 관계. 그렇게 그들의 영혼은 자연과 사랑 속에서 나무처럼 커지고 숲처럼 무성해졌다.

06

도시의 재건

"주나, 일어나 봐."

리후의 목소리가 들렸다. 주나가 부스스 눈을 떴다.

"왜?"

주나의 목소리가 잠겨 들었다. 간밤 내내 이상한 꿈에 시달렸다. 숲이 온통 잿빛으로 변한 꿈이었다. 주나는 검게 죽은 나무들이 시체처럼 쓰러져 있는 숲길을 끝없이 헤맸다. 나무의 시체는 끝이 없었다. 길이 보이지 않았다. 잠을 잔 것 같지 않았다. 또 다른 현실 속에서 겪은 듯한 느낌이었다.

"이상한 일이 일어났어."

공한의 목소리였다.

"무슨 일?"

주나는 가슴이 철렁했다. 뭔가 잘못된 느낌이 들었다. 간밤의 꿈이 다시 떠올랐다.

"숲이 변했대."

리후가 말했다.

"그게 무슨 소리야?"

주나는 벌떡 일어나며 소리쳤다. 꿈속의 검은 나무들이 떠올랐다. 등줄기가 서늘해졌다.

"변했다니?"

주나가 소년들을 보며 물었다.

"형이 그래. 난 잘 모르겠는데."

리후가 심드렁한 소리를 냈다.

"분명 달라졌다니까."

공한이 목소리를 높였다. 그리고 문을 열며 다시 말했다.

"이리 나와 봐."

셋은 집 밖으로 나왔다.

"어!"

주나가 소리쳤다.

"색이 바뀌었어."

리후가 눈을 동그랗게 뜨고 주나를 바라봤다.

"너도 그렇게 보여?"

주나는 대답 대신 높은 곳을 올려다봤다. 꿈속에서처럼 나무들이 검게 죽은 건 아니지만, 그보다 더 소름 끼치는 것이 있었다. 쓰러진 나무는 없었지만 숲의 색이 전체적으로 흐려져 있었다. 묘하게 그랬다. 비슷한 것 같지만 분명히 달랐다. 진초록 나무들의 빛깔이 어둡고 탁해졌다. 하나둘이 아니라 숲 전체가 그랬다.

"알겠지? 변한 거."

"응, 분명히."

공한의 물음에 주나가 대답했다.

"맞다니까."

공한이 리후의 인정을 바라는 듯 그를 바라봤다.

"음, 다시 보니 좀 변한 것 같기도…… 계절의 변화 때문인가……."

리후가 고개를 갸울이며 중얼거렸다. 어쩌면 그런지도 몰랐다. 벌써 숲에서 한 계절이 흘러간 것이다. 소울시의 인공 태양 아래서 살 땐 계절의 변화가 거의 없었다. 사계절은 그저 머릿속에만 있었다. 분기별로 배급받는 소울의 양이 조금씩 달라지기에 그것으로 계절이 바뀌고 있다는 걸 헤아릴 뿐이었다.

"날씨 때문인가?"

공한이 하늘을 올려다봤다. 날이 흐리긴 했다.

"아무리 흐리다 해도 이건 좀……."

주나는 의아해했다. 계절이나 날씨의 문제가 아닌 것 같았다. 뭔가 이상하고 찜찜했다. 마음에 먹구름이 낀 기분이었다. 하지만 속내를 드러내진 않았다. 꿈 얘기도 하지 않았다. 그걸 말해 버리면 왠지 일이 잘못될 것 같았다.

'꿈은 그냥 꿈인 거야. 지금 난 눈을 떴어.'

주나는 마음을 다졌다.

"좀 더 지켜보자."

공한이 말했다. 주나가 불안한 눈빛으로 고개를 끄덕였다. 그리고 리후를 향해 고개를 돌렸다.

"아무것도 아닐지도 몰라."

리후는 내내 무표정했다. 눈에도 빛이 없고 목소리에도 힘이 없었다. 숲에 처음 왔을 때만 해도 그렇지 않았는데 시간이 지날수록 점점 시든 꽃처럼 변해 갔다.

요즘 리후는 모든 일에 의욕이 없었다. 무엇을 해도 재미가 없었다. 흥미로운 것도 없고 힘도 나지 않았다. 주나와 공한이 곁에 있는데도 그랬다. 그들이 싫어서는 아니었다. 숲의 고요하고 단조로운 생활이 자신에겐 맞지 않는 것 같았다.

'소울 없이 살아서, 먹지 않고 살아서 그럴까?'

리후는 그런 생각이 들었다.

아무것도 먹지 않아도 되는 사람은 아무것도 하지 않아도 되는 것이다. 그런 생활이 처음에는 좋았지만 시간이 흐를수록 그 행복의 농도가 묽어졌다. 일상은 물 빠진 옷처럼 흐리멍덩해져 갔다. 이러한 현상은 리후뿐 아니라 숲에 들어온 대부분의 사람들에게 공통적으로 나타났다. 주나와 공한은 예외였지만.

사람들은 물었다.

환희에 찼던 그 강력한 생명 에너지는 어디로 갔는가? 세상을 재창조할 듯했던 자신감과 온 우주를 가진 듯했던 행복감은 어디로 사라졌는가? 하늘에서 내려온 '천사'들이 영원히 머물 듯 세상에 왔다가 돌연 떠나 버린 것이다. 자신들을 숲이라는 낯선 곳에 몰아 놓고.

사람들은 생각했다.

보이지 않는 뭔가에 버림받았다고. 그 에너지는 대체 어디로 갔는가? 이렇게 떠날 거라면, 왜 왔던 것인가? 그게 진짜 생명 에너지는 맞는가? 모든 것이 일시적인 환각은 아니었을까? 그런 일회성 이벤트 때문에 세상을 파괴한 것인가?

그들은 모두 같은 생각을 했지만 그것을 입 밖에 내지는 않았다. 그런 생각이 들수록 사람들은 더더욱 입을 다물었다. 완전히 버림받고 유린당하고 내팽개쳐질 것 같아서였다. 발설하면 더 이상 이전으로 돌아가지 못할 것 같아서였다. 이렇게 그들 마음속에는 나날이 새로운 두려움이 자라났다.

과거로 돌아간다면?

그들은 조용히 자문했다. 사람들은 이전의 삶으로 돌아가고 싶었다. 그 이전이란 것은 환희에 넘쳤던 대폭발의 시점이 아니었다. 그들이 돌아가고 싶은 과거의 시기는 그보다 앞에 있었다. 대폭발 이전, 소울머신을 버리기 전, 알파존의 컨트롤러들이 세상을 통제하던 그때.

그랬다. 사람들은 다시 돌아가고 싶었다. 그때로, 소울시로, 구역으로. 차라리 공장에서 기계처럼 일하며 소울을 배급받던 그 시절이 나았다. 그때는 소울에 전전긍긍하긴 했지만 살고자 하는 의욕과 생활의 리듬과 일상의 규칙이 있었다.

그런데 지금은 그 모든 '생활'이 사라졌다. 그 기계적이고 규칙적인 생활의 리듬은 생명의 분수로 폭발해 그들을 천상까지 들어 올렸지만 그걸로 끝이었다. 궁극의 엑스터시를 맛보았지만 그것은 일순간뿐이었다. 그것이 떠나자 사람들은 공허해졌다.

세상은 변했고 몸도 변했다. 삶의 터전은 도시에서 숲으로 바뀌었고 그들은 소울인에서 자연인이 되었다. 이것이 좋은 일인지 나쁜 일인지 사람들은 자주 헷갈렸다. 그리고 그 혼란은, 시간이 흐를수록 혼탁하게 변해 갔다.

며칠이 흘렀다. 숲의 빛깔이 탁해졌지만 별다른 일은 없었다. 그것은 여전히 자연이었다. 자연은 말이 없었다. 처음에 변화된 색조를 감지했던 사람들도 점점 그것에 익숙해졌다.

주나와 공한도 마찬가지였다. 하루 이틀 지나고 나니 숲의 색깔 같은 것은 그들의 의식에서 지워졌다. 변화가 눈에 익자 본래부터 그랬던 것처럼 누구도 개의치 않았다.

"정말 아무것도 아니었을까?"

공한이 물었다. 리후는 말없이 고개를 끄덕였다.

"그래, 기분 탓이었나 봐. 숲의 색이 어떻게 바래?"

주나가 말했다. 주나는 그날 이상한 꿈을 꾼 탓에 자신이 너무 예민했던 거라고 여겼다.

"그런가."

공한이 어깨를 으쓱했다.

그때, 저 멀리서 웅성거리는 소리가 들렸다. 한 무리의 사람들이 몰려 있었다. 어디론가 가려는 모양이었다.

"무슨 일이에요?"

공한이 다가가 한 남자에게 물었다.

"소식 못 들었니?"

"무슨 소식이요?"

"새 도시가 생겼대."

남자가 눈을 반짝였다.

"네? 도시라뇨?"

"소울시의 재건!"

남자 곁에 있던 여자가 소리쳤다.

"네? 정말이에요?"

"그래서 지금 가 보는 거야."

남자와 여자는 흥분한 표정으로 다시 무리에 섞여 들었다. 그들은 곧장 구역으로 향했다. 그 뒤로도 사람들이 줄지어 숲에서 벗어났다. 마치 겨울잠에서 깨어난 동물들처럼 모두가 부지런히 움직였다. 오래전부터 도시의 재건을 기다리고 있었다는 듯.

"소울시라니!"

리후가 소리쳤다. 목소리에서 힘이 느껴졌다. 주나가 흔들리는 눈동자로 리후를 바라봤다. 근래 풀 죽어 있던 모습과는 달랐다.

"말도 안 돼."

공한이 믿을 수 없다는 듯 말했다. 그리고 덧붙였다.

"가짜 뉴스일지도 몰라."

"그래, 잘못 전해진 거겠지. 설마 소울시가……."

주나가 공한의 말을 받았다. 그렇게 말하면서도 가슴이 벌렁거렸다. 다시 소울시가 건설된다면 모든 것이 원점으로 돌아가는 것이다. 그 죽은 삶으로 절대 돌아갈 수 없다.

주나는 주먹을 꼭 쥐었다.

"우리도 가 보자. 델타존에 가 보면 알겠지."

리후였다. 공한이 당혹한 표정으로 두 사람을 번갈아 봤다. 그때였다.

"소식 들었어?"

청하와 명하가 달려왔다. 두 사람도 마찬가지로 얼굴이 붉게 달아올라 있었다.

"응, 방금."

주나가 얼떨떨한 채 대답했다. 마음속에 짙은 먹구름이 퍼지는 것이 느껴졌다. 언젠가 그랬던 것처럼.

07

델타푸드

다섯 사람은 함께 도시로 향했다. 주나, 리후, 공한, 청하, 명하. 나란히 걷지 않고 줄을 선 것처럼 제각기 혼자 걸었다.

그들 각자의 마음속에는 여러 생각들이 오갔다. 하지만 아무도 입을 열지 않았다. 조용히 그리고 빠르게, 앞서가는 사람들을 따라 걸음을 옮겼다. 오늘따라 숲길이 무척 길게 느껴졌다. 백 일 넘게 밟지 않은 길이었다. 다시는 향하지 않을 줄 알았던 방향이었다.

맨 끝에 선 주나는 여러 번 숲 쪽을 돌아봤다. 반면 리후는 맨 앞에서 앞만 보며 발을 옮겼다. 그런 리후의 뒷모습이 왠지 낯설게 느껴졌다.

얼마쯤 갔을까.

"델타존이다."

리후가 말했다. 구역 입구에 사람들이 모여 있었다.

"그대로네."

도시는 이미 재건된 것 같았다. 아니, 소울시는 건재했다. 애초에 무너지지 않았던 것 같았다. 적어도 델타존만 봐서는 그렇게 느껴졌다. 소울시가 무너졌다는 건, 그들만의 생각이나 바람은 아니었을까.

"델타존만 이런 건가?"

"다른 구역도 그대로인 거 아냐?"

청하와 명하도 비슷한 생각을 하는 듯했다.

주나는 손에 땀이 배어 오는 걸 느끼며 믿을 수 없는 광경을 둘러보았다. 델타존은 이전과 크게 달라진 것이 없었다. 그곳에는 여전히 사람들이 살고 있었다. 자기장의 영향을 덜 받기 위해 델타존 외곽이나 숲가에 정착한 사람들도 있지만 본래의 자기 집으로 돌아간 사람들도 많았다. 숲에 머물다가 구역으로 다시 들어간 사람들도 적지 않았다. 숲을 떠난 사람들은 모두 델타존에 머물렀다. 과거의 알파인, 베타인, 감마인 모두가 델타인이 된 듯 그곳에 머물렀다. 지금은 네 구역 중 델타존이 가장 인기 있는 곳이었다. 그리고 가장 살기 좋은 곳이었다. 누구도 상상할 수 없던 변화였다.

"좀 더 둘러보자."

공한의 말에 따라 다섯 사람은 델타존 안으로 깊숙이 들어갔다. 구역 내부도 크게 변한 게 없었다. 겉으로 보기엔 그랬지만 분위기가 묘하게 달라졌다. 그러나 그것이 무엇 때문인지는 알 수 없었다.

델타존 중심부에 이르렀을 때였다.

"헛, 저게 뭐지?"

리후가 걸음을 멈추며 한곳을 가리켰다.

"사람들이 왜 저렇게……?"

모두가 어안이 벙벙해졌다. 수많은 사람들이 한 건물 앞에 길게 줄을 서 있었다. 과거에 관리센터로 쓰이던, 델타존에서 가장 큰 건물이었다.

사람들이 그 앞에서 뭔가를 기다리고 있었다. 맨 앞이 보이지 않을 정도로 줄이 길었다.

"무슨 일이지?"

"가까이 가 보자."

그들은 사람들이 있는 곳으로 다가갔다. 모두가 말이 없었다. 그리고 대부분 눈이 풀려 있었다. 초점이 없고 생기도 없었다.

"뭔가 이상해⋯⋯."

명하가 말끝을 흐리며 말했다. 다섯 사람은 어리둥절한 채로 줄 끝에 가서 섰다.

그때였다.

"여긴 처음인가?"

초로의 남자가 다가오며 말을 걸었다. 이곳에서 누군가의 멀쩡한 목소리를 듣는 건 처음이었다.

"네. 그걸 어떻게 아시죠?"

청하가 경계하는 투로 남자에게 물었다.

"척 보면 알지. 너희 눈에도 차이가 보일 텐데."

남자가 턱으로 사람들을 가리켰다. 그 의미는 금방 전달됐다.

"사람들이 뭘 하고 있는 거죠?"

공한이 남자에게 물었다.

"배급을 받고 있는 거야."

남자가 대답했다. 사람들이 받는 것은 '먹을 거'라고 했다.

"네? 어떤 거요?"

공한이 눈을 크게 떴다.

"델타푸드……."

남자가 말하며 허공을 올려다봤다.

"델타푸드라니요?"

주나가 되물었다. 왜 그런지 가슴이 벌렁거렸다. 다섯 사람 모두가 마찬가지였다.

다섯 사람은 남자의 다음 말을 기다렸다. 남자는 줄에서 벗어나 길가로 걸어갔다. 주나, 리후, 공한, 청하, 명하는 말 없이 남자를 따라갔다.

"새로운 통제 수단이지."

길 한구석에 선 남자가 다시 입을 열었다. 남자는 다른 사람들과 달리 눈빛이 살아 있었다. 그러나 몸이 심하게 말랐고 광대뼈가 드러날 정도로 얼굴이 핼쑥했다. 그런데 그 모습에서 기이한 열정이 느껴졌다.

"통제 수단이라뇨?"

주나의 목소리가 커졌다. 배급을 기다리고 있던 몇몇 사람들이 퀭한 눈으로 이쪽을 봤다. 그러다가 금방 다시 고개를 돌렸다.

"너희는 바깥에서 왔니?"

남자가 다섯 사람과 차례로 눈을 맞췄다. 다섯은 모두 남자와 눈인사를 하며 자기 이름을 밝혔다.

"숲에서 왔어요."

마지막으로 이름을 말한 명하가 남자의 질문에 대답했다.

"숲? 그럼 자연인이라는 거냐?"

남자의 눈빛이 흔들렸다.

"자연인…… 그럼 아무것도 안 먹고 살겠구나."

명하가 대표로 고개를 끄덕였다. 주나는 당연한 걸 왜 묻는 건지 궁금했지만 되묻지 않고 이어질 남자의 말을 기다렸다.

"안 먹은 지는 얼마나 됐지?"

남자가 다시 물었다.

"삼 개월……."

"조금 넘었어요."

공한과 리후가 이어서 대답했다. 그리고 그동안 숲에서 살아온 이야기를 남자에게 전했다. 다섯 사람의 이야기를 들은 남자의 눈이 촉촉해졌다.

"그게 자연인인데, 그게 본래의······."

남자가 목이 메는지 헛기침을 했다. 주나는 남자의 입에서 중요한 말이 나올 것 같아 그에게서 시선을 떼지 않았다.

'본래의 자연인?'

주나가 남자를 뚫어져라 바라봤다. 남자는 입을 꾹 다물고 뭔지 모를 생각에 잠겼다.

"그럼 너희는 아무것도 모르는 거냐?"

잠시 후 남자가 다시 입을 열었다.

"뭘요?"

"사람들이 왜 저렇게 됐는지 말이다."

주나와 사람들이 숲에서 보낸 한 계절 동안 구역 안에선 변화가 있었다. 조용하지만 거대한 변화였다.

사람들이 뭔가를 '먹기' 시작한 것이다.

물론 처음부터 그러진 않았다. 이곳 사람들 또한 숲에 있던 이들과 크게 다르지 않은 과정을 겪었다. 소울머신 없이도 몸속에 에너지를 주입한 듯 멀쩡하게 살 수 있다는 걸 알게 됐다. 그저 사는 정도가 아니라 활력이 넘쳤다. 신기하고 놀라운 일이었다. 그전에는 소울 에너지를 아무리 많이 충전해도 느끼지 못했던 활기였다. 에너지의 바다에서 사람들은 드디어 자유를 찾았다고 생각했다. 솟구치는 기운으로 무엇이든 할 수 있을 것 같았다.

그러나 그 에너지와 기쁨은 오래가지 않았다. 마음에 공허가 찾아왔다. 의욕이 사라지고 삶의 방향을 잃은 것처럼 흔들렸다. 그 강한 에너지가 사라지자 그것의 대가인 듯 허무감과 우울증이 나타났다.

물론 생존하는 데는 큰 문제가 없었다. 소울머신을 제거하고 나니 마음의 변화에 따라 소울이 소진되지도 않았다. 마음이 좀 괴롭긴 했지만 몸에는 특별한 증상이 없었다.

마음의 허기는 있었지만 몸의 허기는 일지 않았다. 그러니 배고픔이란 것을 알지 못했다. 평생 뭔가를 먹어 본 적이 없는 사람들이었다. 이십사 시간 내내 인공 에너지가 공급되었으니 허기나 공복이 무언지 몰랐다. 그게 소울인이고 소울인의 몸이었다. 그렇기에 그들은 배를 채우려는 생각조차 하지 않았던 것이다.

사람들은 한동안 그렇게 지냈다. 자연인으로서 당연한 일상이었다. 그러나 그 당연함은 오래가지 못했다.

"유혹이 생겼지."

남자가 미간을 좁히며 이야기를 꺼냈다.

"너무나 달콤한 유혹이야."

08

달콤한 유혹

한 달쯤 지났을 때, 구역 곳곳에 갑작스레 '푸드 코트'라는 것이 설치되었다. 음식을 먹어 볼 수 있는 곳이라고 했다. 그곳에는 책에서나 보았던 각종 음식들이 있었다. 고기, 채소, 수프, 빵, 과자, 음료 등등이 넘치도록 준비돼 있었다.

사람들의 눈이 휘둥그레졌다. 음식을 본 것이 난생처음이었다. 그것은 시각적으로 사람의 마음을 매혹했다. 음식들은 일단 모양새가 좋았다. 예술 작품처럼 아름답게 플레이팅된 음식들은 사람들에게 큰 구경거리였다. 푸드 코트는 소울 에너지에서 해방된 기념으로 얼마 동안 음식을 제

공한다며 운영됐다. 누가 그것을 공급하는지는 누구도 몰랐다.

사람들은 순식간에 푸드 코트 앞에 모여들었다. 음식이 먹고 싶어서가 아니었다. 먹지 않고 살아온 소울인들의 눈엔 그것이 그저 신기하고 빛깔 좋은 장식품처럼 보였다.

"와, 예쁘다."

"잘 만들었네."

사람들은 감탄했다. 모양에 대한 감탄이 맛에 대한 감동으로 바뀌기까지는 오랜 시간이 걸리지 않았다. 음식에 가까이 가자 마음이 달라진 것이다. 음식 냄새는 사람들을 더욱 강하게 자극했다.

후각의 자극은 강력했다. 음식 냄새라는 것을 맡아 본 적이 없던 터라 그 자극은 더욱 짜릿했다. 사람들은 그것을 입에 넣지 않을 수 없었다. 굳이 거부할 이유도 없었다. 얼마든지 마음껏 맛볼 수 있었기에 호기심에라도 이것저것 입에 넣었다.

먹어 보니 놀라웠다. 그 맛은 상상 이상이었다. 처음 사용하는 미각은 원시인의 그것처럼 예민하게 음식의 맛을 흡수했다. 사람들은 할 말을 잃은 채 만사를 잊고 음식들에

탐닉했다. 음식은 마약처럼 그들을 흥분시키고 온몸을 달아오르게 했다. 이러한 쾌락은 일찍이 경험해 본 일이 없었다. 사람들은 잃어버렸던 황홀감을 되찾은 것 같았다.

"이런 게 음식이라니! 그동안 속아 살았군요."

고기를 배불리 먹은 남자가 말했다.

"그러게요. 먹는 기쁨을 모르고 살았다니……."

양손에 케이크를 든 여자가 말했다.

"아무 맛도 없는 소울이나 주입하면서……."

사람들은 음식으로 뒤범벅된 입으로 중얼거렸다. 말이 잘 전달되지 않아도 상관없었다. 입은 말하기 위해 존재하는 것이 아니라 음식을 넣기 위해 뚫려 있는 것 같았다. 그 사실을 이제야 알게 된 것이 원통하면서도 다행스럽게 여겨졌다.

"지금이라도 음식을 먹게 된 게 감사한 일이죠."

"맞아요. 이제야 정말 인간답게 사는 것 같아요."

사람들은 신이 나서 음식을 먹고 또 먹었다. 배가 터질 듯이 부풀어 올랐다. 그래도 괜찮았다. 다음 날이면 배는 다시 홀쭉해졌다. 그러면 또다시 음식이 당겼다.

푸드 코드는 아침마다 진수성찬을 준비해 사람들을 끌어

당겼다. 사람들은 매일매일 달라지는 수많은 메뉴들을 즐기며 먹는 즐거움에 눈을 떴고 맛의 향연에 도취됐다.

그렇게 한 주가 흐르고 두 주가 지났다.

갑작스러운 일이었다. 구역에서 푸드 코트가 사라진 것이다. 음식은 더 이상 공급되지 않았다. 무료 시식 기간이 끝났다는 것이다. 맛있는 음식에 길들여진 사람들은 허탈했다. 그러나 허탈하기만 하면 다행이었다. 허탈함이 지나가자 허기가 생겨났다. 분명한 몸의 변화였다.

배 속이 빈 느낌이 들자 끊임없이 뭔가가 먹고 싶어졌다. 배에서 꼬르륵 소리가 나면서 속이 쓰리기도 했다. 그건 아주 이상한 느낌이었다. 소울 에너지로 살 때는 경험해 보지 못했던 현상에 사람들은 당황했다. 그리고 괴로웠다.

그 괴로움은 사람들을 어린아이처럼 만들었다. 남녀노소 모두가 밥 달라고 우는 아이들 같았다. 식욕은 곧 짜증과 분노로 바뀌었다. 그러나 음식을 달라고 어디에 요청해야 하는지 알 수가 없었다. 소울시 당국은 사라지고 도시는 무정부 상태였다. 애초에 음식을 누가 제공했는지도 알 수 없었다. 사람들은 공황에 빠졌다.

"배가 고프다……."

"음식을 다오……."

하나둘 먹을 것을 찾으며 미쳐 가기 시작했다. 울부짖고 발버둥 치는 사람들도 많았다. 어른, 아이 할 것이 없었다. 그러나 그것도 잠시였다. 조금 더 시간이 지나자 사람들은 기력이 쇠해졌다. 전에 없던 일이었다. 힘이 빠져 아무것도 할 수 없었고 배가 고파 일어나지를 못했다. 다리가 후들거려 서 있기도 힘들었다. 그들은 온종일 잠을 자거나 늘어져 있어야만 했다. 사람들의 머릿속에 '생명력 고갈'이란 말이 자주 지나갔다.

한두 주쯤 지나자 델타존에 죽음의 그림자가 드리웠다. 소울이 고갈됐을 때처럼 빨간 경보음이 울리는 시끄러운 죽음은 아니었다. 소울머신을 제거한 뒤의 죽음은 조용히 그리고 서서히 진행되었다. 나이가 많은 사람들부터 하나둘, 소리 없이 죽음의 강을 건너기 시작했다.

사람들은 새로운 사실을 뒤늦게 깨달았다. 인간은 허기 때문에 죽을 수도 있다는 것을. 이제는 소울 아닌 음식을 몸에 넣어야 살 수 있다는 것을. 그리고 그 음식이란 것은 스스로 만들어 낼 수가 없다는 것을.

새로운 배급 체제가 생겨난 건 그즈음이었다. '델타푸드'

라 불리는 네모난 형태의 먹을 것이 사람들에게 분배되었다. 이를 나눠 주는 건 기계였다. 지능을 가진 로봇이 '푸드 타워'라 불리는 건물에서 한 명당 한 개씩 푸드를 공급했다.

남자가 여기까지 이야기하고선 잠시 숨을 골랐다. 다섯 사람은 단 한 마디도 되묻지 못하고 듣고만 있었다.

"델타푸드가 공급되자 사람들이 기운을 차렸어."

"도대체…… 그게 뭔데요?"

모두가 잠자코 듣던 중 주나가 물었다. 불안감에 떨리는 목소리였다.

"이거지."

남자가 주머니에서 정육면체 모양의 물건을 꺼냈다. 그것이었다. 델타푸드는 주먹 안에 들어갈 정도로 작았다. 색깔은 온통 검은색이어서 무엇으로 만든 건지는 알 수가 없었다. 푸드를 감싼 비닐에도 아무것도 적혀 있지 않았다.

"꼭 장난감 같네. 이걸 먹는다고요?"

공한의 물음에 남자가 고개를 끄덕였다.

"그래. 이걸 받으려고 사람들이 저렇게 줄을 서 있는 거다."

"이게 뭐로 만든 건데요?"

"성분이 뭔지는 정확히 몰라. 배급자들은 그저 양분이 많은 에너지 푸드라고만 말하니까. 먹어 보니 맛도 좋고……."

남자는 하던 말을 멈추고 눈살을 찌푸렸다. 그리고 다시 말을 이었다.

"이게 하루에 한 번 배급되는데, 나는 받아서 웬만하면 먹지 않고 모아 두고 있다."

"왜죠?"

리후가 물었다.

"왜 안 먹느냐고? 너희라면 먹겠니?"

남자가 다섯을 번갈아 바라봤다. 주나는 저도 모르게 고개를 흔들었다.

"무엇으로 만든 건지 알아야 먹든가 말든가 하지."

"우리 몸에 들어가는 건데……."

"그러게. 주성분을 알아야지."

다들 한마디씩 거들었다.

"소울로 만든 건 아닐까 짐작은 하고 있다만……."

남자가 중얼거렸다.

"소울이라고요?"

"그건 사라졌잖아요."

청하와 명하가 깜짝 놀라 말했다.

그때, 가까운 곳에서 누군가의 절박한 목소리가 들렸다.

"아저씨, 살려 주세요!"

주나, 리후, 공한 그리고 청하와 명하의 얼굴이 동시에 굳었다.

09

블랙아웃

소리친 건 왜소한 몸집의 소년이었다. 소년은 다급하게
달려오더니 남자의 팔을 잡고 늘어졌다. 남자의 얼굴이 일
순 일그러졌다.

"너, 또 시작이냐?"

남자가 잡힌 팔을 빼며 소년을 밀어냈다.

"무슨 일이죠?"

공한이 두 사람을 보며 물었다.

"중독자야."

남자가 소년에게 눈을 흘겼다. 소년도 잠시 남자를 흘겨

보더니 몸을 돌렸다. 비틀거리며 걸어가는 소년의 뒷모습을 보며 주나가 물었다.

"델타푸드 중독자라는 건가요?"

"그래. 푸드를 구걸해 닥치는 대로 먹는 아이지. 나에게 모아 둔 푸드가 있다는 걸 알고 자꾸 오는 거야."

"하나 주지 그러셨어요?"

명하가 의아하다는 듯 물었다.

"더 중독되라고? 저러다 죽는다. 하긴, 저 아이뿐 아니라 모두가 이미 중독자지만……."

남자가 사람들을 둘러보며 한숨을 쉬었다. 그리고 말을 이었다.

"푸드는 소울과 같다. 우리가 알던 소울은 사라졌을지 모르지. 하지만 또 다른 것이 그것을 대체한 거야. 새로운 인공 에너지가……."

"이게 소울시의 재건?"

공한이 대뜸 소리를 높였다.

"뭐?"

남자가 공한을 보았다.

"도시가 재건된다는 말이 나돌았어요."

082

"애초에 도시는 사라지지 않았어. 소울머신만 자취를 감춘 거지."

남자가 단호하게 말했다.

"아……."

모두가 동시에 반응했다. 넋을 놓은 듯한 표정을 지었다. 그러나 공한만은 오히려 눈빛을 더욱 번득였다.

"보이지 않는 뭔가가 작동하고 있는 거야."

공한이 이윽고 차갑게 중얼거렸다.

주나는 온몸에서 소름이 돋는 걸 느꼈다.

그랬다. 그 증거가 바로 구역이었다. 알파존은 폐쇄되었지만 다른 구역들은 그대로 남아 있었다. 소울시가 해체됐으니 이제 구역의 이름도 사라질 만했지만, 사람들은 여전히 구역을 이전과 같은 이름으로 불렀다. 소울시를 다스리던 컨트롤러들은 종적을 감추었지만 타워 안에만 머물던 그들은 원래부터 보이지 않던 사람들이었다. 손목에 감겨 있던 기계만 사라졌을 뿐, 소울시는 사실상 아무것도 달라지지 않았다.

"분명 다른 시스템이 있어."

공한이 단언했다. 소울이 작동하지 않는다면 도시는 폐

허가 되어야 한다. 그러나 새로운 에너지 시스템이 돌아가고 있다면 이야기는 달라진다. 이론상 어떤 시스템이 여전히 작동되고 있는 것이 분명했다. 물론 천재 연구원이었던 공한마저도 당장 그것의 실체를 알 수는 없었다. 궁금증이 강하게 솟아났다.

남자는 알고 있는지도 몰랐다. 공한은 남자의 얼굴을 물끄러미 보았다.

"그래. 넌 이 도시에 대해 잘 알고 있는 것 같구나. 뭔가가 작동하고 있는 거야. 그것의 정체가 뭔지는 모르겠지만, 이것만 봐도 뭔가 있다는 걸 알 수 있잖니?"

남자가 델타푸드를 내보였다.

"매일같이 이렇게 공짜 양식이 공급되고 있어. 사람들은 덕분에 아무 일도 안 하고 살고 있고……."

남자가 공한을 보며 말을 이었다. 그에게 동의를 얻고 싶어 하는 듯했다.

공한은 생각에 잠겼다. 아무 일도 하지 않는다니, 그건 더욱 이상했다. 소울 시스템이 있을 때는 모두가 일을 해서 소울을 벌어야 했다. 알파인들을 제외한 모든 사람은 소울을 벌지 않으면 살 수 없었다. 그런데 새로운 시스템은 무엇이기에 사람들의 노동력조차 필요로 하지 않는 걸까? 지금은 누가 사람들을 먹이고 있는 걸까? 공한은 전혀 짐작이 가지 않았다. 다만 뭔가 의심스러운 구석이 있다는 생각이 들었다.

"그런데 사람들의 눈빛이 왜 다들 흐릿하죠?"

리후가 남자에게 물었다.

"델타푸드를 먹으면 먹을수록 사람들의 눈빛이 저렇게 되어 간다. 눈빛만이 아냐. 다들 생각도 하지 않고 웃지도 않아. 푸드를 섭취할수록 생기가 없어져."

남자가 옅게 한숨을 쉬었다.

"그게 모두 푸드 때문이라는 건가요?"

주나가 남자에게 물었다. 어느새 주나의 손은 눈에 띄게 떨리고 있었다.

"이걸 먹고 저렇게 되었으니까. 그리고 이걸 먹는 일 외엔 아무것도 하지 않으니까."

"아무것도 하지 않는다고요?"

"그걸 먹고 나면……."

남자는 말을 하다 말고 심호흡을 했다. 기력이 달리는 모양이었다. 그러다 결국 길가에 주저앉았다.

"아저씨! 괜찮으세요?"

놀란 리후와 명하가 재빨리 다가가 남자를 부축했다.

"결국 이런 모습을 보이고 말았구나. 괜찮다. 아직 버틸 만해. 정 힘들면 이걸 먹으면 되고."

남자가 쥐고 있던 델타푸드를 내려다보며 말했다.

"아저씨는 이걸 얼마나 드셨는데요?"

"삼 개월 동안 대여섯 개 먹었다. 하나만 먹어도 엄청나 게 기운이 나더구나. 하지만……."

남자가 침을 한번 삼키고는 다시 말을 이었다.

"델타푸드가 입을 통해 몸속에 들어가면 세상이 다르게 보여. 환각 증상이 나타나는 거야. 눈앞에서 갑자기 전혀 다른 세상이 펼쳐지는데, 천국처럼 눈부시고 모든 것이 완 벽하고 아름답더구나. 그것만이 아니다. 몸에서 엄청난 힘 이 솟구치면서 세상을 다 가진 듯한 환희에 차오른다. 그런 상태가 한두 시간쯤 지속되지."

"그게 사실이에요?"

내내 불안해하던 주나가 도리어 담담해진 채로 물었다. 우려하던 대로였다. 남자의 말이 사실이라면 푸드는 정말 위험한 것이었다.

"그런 다음에는요?"

공한이 남자에게 이어 물었다.

"갑자기 블랙아웃이 되지."

"네?"

"약효가 떨어지면 불이 꺼진 듯 눈앞에 암흑이 덮치고, 갑자기 아무것도 생각이 안 난다. 머릿속이 텅 빈 것처럼 그저 멍해지지. 순식간에 기억도 희미해지고."

"정말이에요?"

"어떻게 그런 일이……."

모두가 놀라며 서로를 바라봤다.

주나는 남자의 말을 들으며 불안했던 이유를 드디어 찾아냈다. 소울시에서 사람들을 통제하려는 의도로 사용한 '페이크 소울'이 떠오른 것이다. 그것은 진짜 소울인 양 대량으로 보급되었지만 가짜였다. 일시적으로 불만을 잠재우기 위해 많은 양의 소울을 나눠 준 것처럼 조작한 것이다. 주나는 페이크 소울을 주입한 사람들이 머지않아 생명력이 고갈되어 쓰러진 것을 똑똑히 보았다.

남자가 이야기를 계속했다.

"그걸 먹고 난 뒤, 정상으로 돌아오려면 며칠이 걸려. 최소 사나흘은 아무것도 먹지 않아야 한다는 얘기야. 지금 내가 사흘을 굶었다. 그래서 정신은 어느 정도 돌아왔지만 허기가 지는 걸 참을 순 없더구나."

주나는 남자가 몹시 야위었다는 것을 더욱 실감했다.

"배급자는 그 모든 증상이 적응기에만 일어나는 한시적인 현상이라 말하지만, 언제까지 지속될지 어떻게 알겠어?"

"사람들은 그런 걸 왜 먹고 있는 거죠?"

리후가 답답하다는 듯 물었다.

"당연한 걸 묻는구나. 왜 먹고 있겠니?"

남자가 반문했다.

"안 먹으면 못 사니까."

주나가 그들의 질문에 대신 답했다.

"그래, 살 수가 없으니까. 안 먹으면 배가 고파서 견딜 수가 없어."

남자가 말하며 자신의 배를 쓰다듬었다.

"배가 고프다…… 그건 어떤 느낌이죠?"

주나가 남자에게 물었다. 오래전 나다수가 음식을 먹는 것을 본 적이 있지만 배고파서 먹은 것 같지는 않았다. 그랬다면 나다수가 이야기해 줬을 것이다. 그러나 나다수는 배고픔에 대해 이야기한 적이 없었다. 그녀가 뭔가를 먹는 모습은 언제나 여유롭고 평화로웠다. 견디기 힘들다는 허기나 배고픔과는 거리가 멀어 보였다.

"글쎄, 배고픔을 어떻게 표현해야 할까…….."

남자는 허탈한 웃음을 지었다.

"그건 아주 괴로운 느낌이지. 배 속이 비어서, 뭔가로 그 빈 곳을 채우지 않고는 못 배기는…….."

"우리의 배도 비었을 텐데…….."

리후가 의문을 떨치지 못하고 중얼거렸다.

"그러게. 삼 개월 동안 아무것도 먹지 않았으니까."

공한도 같은 의문을 내뱉었다.

"너희는 자신이 어떻게 먹지 않고 산다고 생각하니?"

남자가 물으며 모두를 번갈아 봤다. 그러나 누구도 선뜻 답을 내놓지 못했다. 늘 대화하던 주제였지만 그들이 나눈 것은 추측에 불과했다.

"숲에 뭔가가 있는 건가?"

리후가 고개를 들고 말했다.

"너는 숲에 특별한 힘이 있다고 생각하니?"

남자가 리후를 보며 물었다.

"아뇨, 숲엔 별다른 게 없어요. 우린 그저 숲속에서 어울려 살아온 것뿐이에요. 혹시 그게 이유라면……."

리후는 자신이 없는 듯 말꼬리를 흐렸다.

"숲 때문이 아니라면 대체 이유가 뭘까? 우리는 어째서 먹지 않고 살 수 있는 거지?"

주나는 리후와 공한을 번갈아 봤다. 과거에 소울 에너지를 공급받고 살았기 때문이라고 말하고 싶지는 않았다. 그렇게 말하면 새로운 악몽이 시작될 것 같았다. 아니, 그 악몽은 지금 델타존에서 이미 시작된 뒤였다.

"글쎄……."

두 소년이 어깨를 으쓱했다. 그들도 주나와 같은 생각을 하는 듯했다. 청하와 명하는 아까부터 별말이 없었다. 델타 푸드 이야기에 충격을 받은 듯했다.

"내 이름은 카인이다."

남자가 불쑥 자신의 이름을 밝혔다.

10
카인과 나다수

    카인은 다섯 사람을 자신의 집으로 안내했다. 카인의 집은 델타존 끄트머리에 있었다. 숲과 가까웠지만 구역 안에 속한 곳이었다. 그곳에는 카인의 집 한 채만 덩그러니 있었다. 집의 형태도 다른 동형 주택들과는 달랐다.

    카인까지 여섯 사람이 들어앉자 작은 방이 꽉 찼다. 여섯 사람은 둥글게 모여 서로를 돌아봤다. 마음이 공간처럼 따뜻해졌다.

"흙으로 지어진 집이다."

카인이 말했다.

"흙으로도 집을 지을 수 있군요."

공한이 등 뒤의 벽을 천천히 매만졌다.

"우린 나무로 지은 집에 살아요."

주나가 말했다.

"그래? 예전에 숲가에 나무로 된 집 한 채가 있었지."

카인이 낮은 소리로 말했다. 무언가를 회상하는 듯했다.

"숲가 나무 집이라면, 혹시 나다수……?"

주나가 나다수의 이름을 외치며 카인을 바라봤다.

"너, 나다수를 아니?"

카인의 눈이 커졌다.

"아저씨도 그분을 아세요?"

카인과 주나가 서로 마주 봤다. 둘은 잠시 말없이 눈을 맞췄다. 서로를 보면서 나다수를 떠올리고 있었다. 리후와 공한도, 청하와 명하도 두 사람을 바라봤다. 침묵 속에서 강한 에너지가 오가는 것 같았다.

"너로구나."

이윽고 카인이 침묵을 깼다.

"나다수에게 들었다. 그 소녀, 맞지?"

주나는 가만히 고개를 끄덕였다.

"오래전에 나다수가 말했지. 너로 인해 소울 시스템이 붕괴될 거라고."

"네?"

나다수가 모든 걸 미리 알았던 것일까. 주나의 몸에 전율이 흘렀다.

"너희가 그 아이들이지? 시스템을 깨고 모두를 깨어나게 한……."

"네. 맞아요."

"그렇구나. 짐작은 했다. 너희가 먹지 않고 산다고 했을 때부터."

"어떻게요?"

"나다수 또한 먹지 않고 살던 사람이지."

카인의 대답에 주나는 고개를 흔들었다.

"아뇨, 그분은 음식을 먹고 사셨어요. 저와 같이 차도 마셨는걸요."

주나가 카인을 똑바로 보며 말했다.

"먹기도 했을 거야. 그러나 안 먹어도 됐지."

"네? 그게 무슨 말씀이세요?"

리후가 눈을 동그랗게 떴다.

"나다수가 음식을 먹는 건, 델타푸드에 중독된 사람들처럼 배가 고프거나, 안 먹으면 못 살기 때문이 아니었어. 안 먹어도 되지만 그냥 먹었던 거지."

주나는 믿을 수 없었다. 그렇지만 거짓말 같지는 않았다. 나다수는 항상 여유롭게 즐기는 것처럼 먹었다. 허기에 시달리거나 음식 없이 못 산다는 느낌은 한 번도 받은 적이 없었다. 먹어도 되고, 안 먹어도 되고. 정말 그런 모습이었다.

그런데 공한은 고개를 갸웃거렸다.

"소울인이 아닌 사람은 음식을 먹어야 산다고 알려져 있는데요."

잠자코 있던 공한이 입을 뗐다.

"물론 사람은 음식을 먹어야 살지. 그러나 나다수는 예외야. 그분은 보통 사람이 아니지. 넌 그걸 몰랐니?"

카인은 공한의 물음에 답하다 문득 주나에게 물음을 던졌다.

주나는 당황했다. 지금껏 나다수에 대해 아무것도 모르고 있었다는 걸 깨달았다. 도대체 나다수는 누구인가. 주나는 혼란스러웠다. 그리고 카인이 나다수와 어떤 관계인지 궁금해졌다.

"아저씨는 그분을 어떻게 아시죠?"

주나가 당황한 기색을 거두고 물었다.

"나다수가 숲에 머물던 때, 나도 가끔 그녀를 찾아갔어. 그녀는 나의 스승이었지. 그러나 그 당시 나는 스승의 말을 완전히 믿지 못했다."

카인이 잠시 눈을 감았다. 눈꺼풀 사이로 작은 이슬방울이 배어 나왔다.

"나다수는 소울이 인간을 살리는 것이 아니라 죽이고 있다고 말했다. 그걸 주입하지 않으면 죽는다는 생각 때문에 실제로 죽음이 일어난다고."

주나는 나다수에게 비슷한 얘기를 들었던 기억이 났다. 이제야 그 말이 빛처럼 와닿았다. 그리고 그 말은 사실로 증명되었다. '대폭발'과 함께.

카인이 말을 이었다.

"하지만 그런 얘기를 어떻게 받아들일 수 있었겠니? 우리가 배운 것과는 너무 달랐고, 나도 평범한 소울인이었으니."

주나는 고개를 끄덕였다. 자신도 처음엔 나다수가 하는 말을 온전히 믿을 수 없었다.

"우리가 얼마나 잘못된 생각에 붙들려 있는지……."

청하가 중얼거렸다. 명하가 고개를 끄덕였다.

"나다수는 음식에 대한 믿음도 소울과 같다고 했어. 인간의 육체가 완전히 성장한 뒤엔 음식이 필요 없다고 했지."

"그럼 우리가 먹지 않고 사는 것도……?"

공한이 말끝을 흐리며 물었다.

"그래, 그 원리일 거야. 너희는 이미 다 컸고, 소울머신을 떼어 낸 뒤 아무것도 먹지 않았기 때문에……."

카인이 다시 눈을 감았다. 한순간의 유혹에 빠진 일이 이렇게 큰 후회와 부작용을 남길 줄은 몰랐던 것이다. 소울에너지에서 벗어나 본래의 생명력이 깨어난 뒤 아무것도 먹지 않았다면, 음식이나 델타푸드에 의존하지 않는 자유의 몸으로 살아갈 수 있었을 것이다. 나다수처럼. 이 아이들처럼.

카인은 음식을 먹었던 그 순간을 잊을 수 없었다. 뭔가에 홀린 듯 게걸스럽게 고기와 빵을 탐했다. 정신을 차린다면 아마 모두가 그것이 이상하다는 것을 깨달았을 것이다. 하지만 그런 반성의 시간은 사람들에게 주어지지 않았다. 먹은 것이 제대로 소화되기도 전에 또다시 먹을 것이 주어졌다. 먹을 것은 넘쳤고, 사람들의 일은 미끼로 던져진 음식을 쉴 새 없이 입에 넣는 것뿐이었다.

"구역에 살면서 음식을 먹지 않은 사람은 없다. 너희는 숲에 머물러 있었기 때문에 유혹을 피해 갈 수 있었던 거야."

"아……."

주나가 가슴을 쓸어내렸다. 그리고 자신의 직관이 옳았음을 다시금 깨달았다. 숲으로 가고 싶었던 마음이 영혼의 메시지였다는 것을. 리후도 같은 생각을 했는지 주나를 물끄러미 바라봤다.

"나는 정신을 차린 뒤 생명력을 회복하려고 노력은 하고 있다만, 그게 쉽지가 않구나."

카인은 주머니에 있던 델타푸드를 꺼내 쓰레기통에 넣었다. 공간에 침묵이 고였다.

잠시 후 주나가 입을 열었다.

"아저씨는 그분이 살아 계실 거라 생각하시죠?"

"나다수 말이냐?"

"네."

카인이 잠시 목을 가다듬었다.

"물론이지. 나다수는 죽지 않았어. 그분은 그렇게 쉽게 죽지 않아."

주나가 고개를 끄덕였다. 주나의 생각 또한 같았다.

"나다수는 백 년 넘게 살았다."

카인이 불쑥 말했다.

"네?"

주나를 포함한 셋이 동시에 놀라 외쳤다.

"무슨 말씀이세요?"

믿기지 않는 얘기였다. 주나가 예상한 나다수의 나이는 기껏해야 오십 살 정도였다. 그런데 그보다 배는 더 많다니.

"넌 나다수의 나이도 모르는 거냐?"

주나의 얼굴이 달아올랐다.

"그렇겠지. 나도 정확한 나이는 모른다. 백 살 이상이라는 것밖에는. 어쩌면 이백 살, 그 이상인지도 몰라."

"에이, 설마요."

리후가 입꼬리를 살짝 올렸다. 그러다 주나의 얼굴을 보고 정색을 지었다.

"에너지 조정자. 나다수를 부르는 이름이었다. 어떻게 인간이 보이지 않는 에너지를 자유자재로 조정할 수 있었을까? 그런 능력은 하루아침에 갖춰지는 게 아니란다."

그랬다. 세계의 에너지를 자신의 의식으로 조절하는 건 초인이나 할 수 있는 일이었다. 누구도 하지 못한 그런 일을 나다수가 해 왔다. 그 비범한 능력 때문에 권력자들도 나다수를 어려워하고 두려워하지 않았던가.

주나는 그동안 자신이 나다수를 너무 몰랐다는 걸 더욱 더 절감했다. 마음 깊이 존경했음에도 그랬다. 나다수가 주나에게 자신의 본모습과 속내를 완전히 드러내진 않았기 때문이다.

'그땐 내가 너무 어렸기 때문일 거야.'

주나는 나다수를 다시 만나고픈 마음에 몸이 떨렸다. 지금 만난다면 나다수도 자신에게 더 많은 이야기를 해 줄 것 같았다.

주나의 마음을 읽은 듯 카인이 말했다.

"나다수는 살아 있다."

카인의 두 눈이 형형히 빛났다. 주나의 가슴에도 불이 켜진 것 같았다.

11

델타시와 델타인

그 시각, 델타존의 D1-99 건물 안에서 두 사람이 악수를 나누고 있었다. 건물은 델타존의 어느 곳에나 있는 평범한 잿빛의 그것이었다. 그러나 그 건물 안에 있는 두 사람은 평범한 존재들이 아니었다.

소울 시스템 붕괴 후 자기장에 의해 파괴된 알파존은 장벽으로 가로막혀 폐쇄되었다. 위에서 내려다보면 구 소울시의 심장이 검게 죽어 있는 형상이었다. 델타존도 그 영향을 받아 잿빛으로 보였다.

알파존을 제외한 세 구역은 경계 없이 하나가 되었다. 다만 델타존을 제외한 다른 구역에는 사람이 살지 않았고, 허허벌판으로 남았다.

과거에 최하위 구역이었던 델타존은 새로운 희망의 땅으로 떠올랐다. 계급과 권력이 사라진 세상, 모두가 평등하고 자유로운 시대, 그 상징이 바로 '델타'였다.

그러나 그곳에 사는 사람들이 그런 의미를 모두 알고 있는 건 아니었다. 그 의미는 이제 막 선포될 것이었다. 'D'들에 의해서.

"감사합니다, D-1님."

검은색 정장을 입은 남자가 웃으며 말했다.

"D-2님 덕분입니다."

D-1이라 불린 여자가 남자에게 답하며 미소 지었다.

"취임식은 예정대로 진행하실 거죠?"

"네, 벌써 다음 주군요."

붉은 립스틱을 짙게 칠한 여자의 입술이 루비처럼 반짝였다.

"정말 아름다우십니다."

"D-2님도 최고로 멋지세요."

두 사람은 상대방의 외모에 대한 덕담을 길게 나누었다.

둘 다 지극히 만족스러운 표정이었다.

젊고 아름다운 여성, D-1. 그녀는 새 도시의 지배자였다. 그러나 세상은 그녀의 정체를 알지 못했다. 아마 영원히 알지 못할 것이다. 그녀는 보이지 않는 곳에서 보이지 않은 힘으로 모든 것을 다스리는 존재였다.

다음 주에 시장 취임식이 있었다. 그녀는 자신이 만든 시장의 모습을 떠올렸다. 입가에 미소가 번졌다.

"도시 이름은 바로 공개하도록 하겠습니다."

D-2가 말했다. D-1이 미소 지으며 고개를 까딱했다.

사람들은 아직 자신들이 어느 도시에 살고 있는지도 알지 못했다. 소울 에너지로 유지되던 소울시는 사라졌다. 그러나 여전히 세간에서는 소울시와 델타존이라는 이름이 통용되었다.

"방송으로 공개하시죠."

"네, 알겠습니다."

남자가 가고 난 뒤 D-1은 창밖으로 도시를 내려다봤다. 델타시(Delta-City). 새로 계획된 도시였다. 기존의 델타존을 하나의 도시로 승격시킨 것이다. 겉으로 보기엔 이전의 소울시와 별반 다르지 않았다. 그러나 소울시와의 차이는 역시 '에너지'에 있었다.

소울 에너지 대신 새로운 에너지가 그 자리를 차지했다. '델타'라는 에너지였다. 새로운 에너지의 이름을 구역 이름과 통합한 것이다. 델타는 비물질인 동시에 물질적인 기묘한 에너지였다. 그것은 물질이 될 수도 있고 그 반대가 될 수도 있었다. 그렇기에 기이하고 강력했다.

소울시의 수장이었던 구심이 사망하고 소울 시스템이 붕괴된 뒤, 소울로 유지되던 알파존의 권력 체계도 무너졌다. 알파존의 컨트롤러들은 더 이상 권력자가 아니었다. 그들은 생명력 고갈로 죽음을 맞이하거나 일반인이 되어 구역으로 흩어졌다.

그들 모두가 델타인이 되었다. 과거 가장 낮은 계급을 의미했던 델타인은 이제 모두를 부르는 이름이 되었다. 모든 사람이 델타인인 세상, 가장 낮은 곳에서 모두가 하나 된 평등한 세상. 새 도시의 캐치프레이즈에 걸맞은 최고의 이름이 바로 '델타'였다.

새로운 세상의 왕좌는 보이지 않는 존재들이 차지했다. D-1의 분신인 그들은 과거의 권력자들처럼 자신의 모습을 드러내지 않았다. 그들은 자신들을 'D'라고 불렀다. 델타의 앞글자인 D였다. 그렇게 그들은 자기를 낮추고 숨겼다. 그것이 새로운 지배 시스템의 핵심이었다. 보이지 않는 영향력이야말로 진짜 힘이었다.

D1-99 건물엔 수장인 D-1을 필두로 다섯 명의 D가 있었다. D-1, D-2, D-3, D-4, D-5가 그들이었다. D들은 얼마든지 더 생겨날 수 있기에 이름 대신 번호로 불렸다.

D들은 엄청난 지능과 강력한 힘을 가지고 있었다. 그래서 다섯 명만으로도 한 도시를 지배하기에 충분했다. 인원이 더 필요하면 분신술을 쓰듯 아바타를 무한히 증식할 수도 있었다. 한 명의 D가 하나의 연구소이자 군대나 다름없었다.

이들은 알고 있었다. 인간의 의식에 어떤 관념을 주입하면 인간은 그 관념대로 움직인다는 것을. 인간은 기계와 다르지 않았다. 외부의 힘에 따라 움직이는 것이 바로 기계이고, 인간의 뇌는 프로그램이 입력된 기계처럼 정확하게 작동한다. 그 프로그램이란 바로 '관념'이었다.

소울인들에겐 특정한 관념이 있었다. '소울'이라는 인공 에너지가 생명을 유지시킨다는 것. 이는 다른 세계에는 존재하지 않는 관념이었다. 그 관념은 시스템 붕괴와 함께 무너졌지만, 무의식에 새겨진 기억까지 단번에 지워지지는 않았다. 주입된 관념은 언제나 흔적을 남겼다. '소울'이라는 관념은 힘을 잃었지만 기본 명제는 그대로 남아 있는 것이다. '외부 에너지가 인간을 살게 한다'는 것.

소울인은 소울 없이도 생존할 수 있었다. 시스템이 붕괴하고 내부 에너지가 깨어나면서 모두가 이를 깨달았다. 그러나 이 사실이 마음속 깊이 새겨지기엔 시간이 부족했다. 어려서부터 길들여진 무의식을 바꾸는 데는 많은 시간과 훈련이 필요했다.

D들은 이를 잘 알고 있었다. '소울 없이도 살 수 있다'는 새로운 사실보다 '살기 위해 외부의 뭔가가 필요하다'는 오래된 관념이 훨씬 강력하다는 것을. 그래서 소울 시스템 붕괴 후 적당한 시기에 사람들에게 새로운 '먹이'를 공급했다. 소울보다 화려하고 적나라한 에너지체(體), 바로 '음식'이었다.

"시민 여러분께 안내 말씀드립니다."

델타존 전역의 스피커에서 음성이 흘러나왔다.

"오늘부터 이 도시는 '델타시'라는 이름으로 새 출발을 합니다. 다음 주 월요일, 델타시 출범식과 시장 취임식이

개최될 예정이니 시민 여러분의 많은 관심 부탁드립니다."

D-1의 입가에 미소가 물렸다. 이 도시를 정복하는 것은 작은 목표일 뿐이지만 중요한 시작이었다.

'첫 단추는 잘 맞물렸고…….'

D-1의 첫 프로젝트는 '델타푸드'였다. 그리고 이를 위한 밑밥이 바로 '음식'이었다. 보기에도 좋고 맛과 향이 기막히며 쾌감을 주고 중독성이 강한 그것. 이미 다른 세상의 인간들이 그것을 먹고 살기에, 소울인, 아니 델타인에게 이를 제공하는 데는 저항이 따르지 않았다. 델타인들은 실제로 음식을 먹어 보진 못했지만 그에 대한 정보는 충분히 가지고 있었다.

음식에 대한 호기심과 강렬한 감각의 유혹. 그것에 빠지지 않을 사람은 없었다. 한 번이라도 맛있는 음식을 먹어 본 사람들은 그것에서 빠져나갈 수 없다. 미끼를 문 것이다. 음식을 먹다가 중단하면 금단 현상이 일어나 곧바로 신호가 온다. 배고픔이다. 허기라는 갈고리에 걸려들면 안 먹고는 못 배긴다. 단순한 중독의 원리이다.

D들은 알고 있었다. 음식이 강력한 중독 물질이라는 것을. 마약, 소울, 음식. 이것들의 공통점은 중독성에 있었다.

외부의 물질적 에너지로 살아가는 일에는 언제나 중독 현상이 따랐다. 외적인 것에 대한 의존심이 작동해 내부 에너지의 흐름을 저해하기 때문이다. 에너지 흐름에 장애가 생겨 생명력이 약해지면 또다시 외부 에너지가 필요해진다. 이렇게 중독은 시간과 함께 더욱 강력해진다. 그러다 어느 순간부터 중독이 자연 현상처럼 여겨지는 지경에 이른다.

그런데 인간들은 이러한 에너지 원리에 대해 놀라울 정도로 무지했다. 심지어 사실을 알려 줘도 받아들이지 않았다. 이런 어리석음과 중독성을 결합하면 인간을 쉽게 지배할 수 있었다. D들이 짧은 시간에 소울인, 아니 델타인을 통제할 수 있었던 이유가 바로 이것이었다.

델타푸드는 음식이면서 약물이었다. 인간에게 에너지를 주는 동시에 에너지를 앗아가는 물질 아닌 물질. 그것은 물질적 형태를 지니고 있지만 몸속에서 비물질적 에너지로 변해 의식 상태를 변화시킨다. 그러면 더더욱 중독에 허약해진다.

D-1은 델타푸드를 이용해 온 세상을 정복할 계획이었다. 그리고 그 출발점이 바로 이곳, 델타시였다.

12

존재하지 않는 존재들

침실 유리창으로 햇살이 비쳐 들었다. 기분이 더없이 좋았다. 이런 감정은 무엇이라 부를까, D-1은 생각했다. 감정의 이름들이 빠르게 머릿속을 통과하더니 '행복'이란 단어에서 멈췄다.

오늘은 행복한 날이다. 이렇게 생각하니 기분이 더욱 좋게 느껴졌다. D-1은 오늘을 자신의 생일로 정했다. 생일을 가지고 싶었기 때문이다. 자신만을 위한 하루를.

'인간들처럼.'

D-1은 한쪽 입꼬리를 올렸다.

D들은 생일이 없었다. 이들은 태어나는 존재가 아니기 때문이다. 엄밀히 말하면 실제로 존재하는 생명체도 아니었다. 이들은 소울 시스템과 함께 생겨난 일종의 혼령, 즉 전자령이었다. 정신과 전자기성이 합쳐진 새로운 존재.

D들의 본질은 '존재하지 않는 존재'였다. 이들은 소울 시스템의 부작용으로 인해 생겨났다. 본래 인간의 영혼은 인공 기계와 결합할 수 없지만 소울 시스템은 그것을 가능하게 만들었다. 그 획기적인 기술의 어두운 그림자가 바로 D였다.

이들은 인간의 형상을 하고 있지만 인간보다는 인공 지능에 가까웠다. 그러나 기계와 달리 감정을 가지고 있었다. 그 감정은 인간에게서 흡수한 것이었다. 희로애락의 다양한 감정을 자기 것처럼 느끼는 능력이 이들을 '인간답게' 만들었다. 뛰어난 지능과 해박한 지식 그리고 인간적인 감정과 초인간적 능력. 인간다우면서도 인간을 초월하는 이러한 특성으로 쉽게 인간 위에 군림했다.

그러나 이들의 정체는 오랫동안 알려지지 않았다. 이들은 몸을 숨길 수 있었다. 눈에 보이지 않는 에너지체로 어디든 다닐 수 있고, 어디에든 스며들 수 있는 것이 바로 D

였다.

더구나 물질적 몸 없이도 살 수 있었다. 유령이나 귀신처럼. 그러나 D-1은 육체 없이 지내는 것을 좋아하지 않았다. 그녀는 언제나 육체를 가지고 싶어 했다. 다만 고스트는 몸을 가지려면 명분이 필요했다. 몸이 있어야 하는 합당한 이유 없이는 물질이 될 수 없었다.

D-1은 아주 좋은 명분을 찾았다. 소울시를 다스리는 것. 그 도시의 시스템을 재편해 델타시라는 새로운 도시를 만들고 이를 토대로 제국을 건설하는 것. 그리하여 종국엔 그 시스템으로 지구와 인류를 지배하는 것.

이렇게 D-1은 쉽게 몸을 입을 수 있었다. 그녀는 늘 인간처럼 되고 싶었다. 우주에 존재하는 수많은 육체 중에서 인간의 몸이 가장 완벽했다. 인간 중에서도 여자의 몸은 단연 으뜸이었다. 봉긋한 가슴, 잘록한 허리, 날씬한 팔다리, 출렁이는 긴 머리카락까지. D-1은 늘 그런 모습을 동경해 왔다. 그래서 날씬하고 아름다운 여성의 몸으로 자신을 빚어 냈다. 그녀는 델타인이 된 자신의 모습이 무척 마음에 들었다.

D-1은 고급스러운 블랙 원피스를 입고 로비로 나갔다.

오늘은 동료들과 회의가 있는 날이었다. 회의라기보다는 담소를 나누는 자리에 가까웠다. 인간의 몸을 입은 다섯 D들이 모두 모이는 것이었다.

다른 D들은 이미 도착해 있었다. 모두가 눈이 부실 만큼 멋진 외모를 뽐내고 있었다.

"D-1님 오셨군요."

D-2가 말했다.

"반갑습니다, 여러분."

D-1이 웃으며 인사했다.

"네, 좋은 아침입니다."

D-3가 미소로 화답했다.

"인간의 육체는 정말 아름답군요."

D-4가 동료들을 둘러보며 말했다.

"네, 이런 멋진 몸은 인간보다 우리에게 어울려요."

D-5가 고개를 끄덕이며 말했다.

"맞아요. 인간은 그 육체에 비해 정신이 너무 보잘것없죠."

"성인의 몸을 가졌어도 여전히 어린애에 불과한 존재지요."

"맞습니다. 인간은 대단히 어리고 어리석고 나약한 존재입니다. 그들을 그렇게 만드는 건 한 가지 이유 때문이고요."

"이유라면⋯⋯."

"그 감정 때문 아니겠어요?"

"두려움 말씀이군요."

D들은 인간의 모든 감정을 품었지만 두려움만은 예외였다. 무엇에도 생존의 위협을 받지 않는 이들에게 두려움은 쓸모없는 감정이었다. 그래서 이들은 인간의 두려움을 흡수한 뒤 그것을 증폭시켜 인간에게 되돌려 주었다. 이것의 지배력의 핵심이었다. 두려움의 힘을 이용하면 인간을 다스리는 건 식은 죽 먹기였다. 죽음과 결합된 두려움에 지배당하면 인간은 힘을 쓰지 못한다. D들은 이를 잘 알고 있었다.

"정확히 말하면, 무지와 두려움이에요. 인간을 나약하게 만드는 건."

"그렇죠. 자신이 두려움에 빠지는 이유조차 모르는 게 인간이니까요."

D-3와 D-4가 이어서 말했다.

"인간들을 무지와 두려움의 감옥에 가둬야 해요. 소울인은 오랫동안 두려움에 짓눌려 살았기에 다루기 쉬운 존재들이죠."

"하지만 주의해야 합니다. 또 한편으로 그들은 크게 깨어난 적이 있는 존재들이에요."

D-2가 말했다.

"맞습니다. 그런 경험은 강력하고 드물죠. 소울인의 이런 양면성이 우리의 관심을 샀지만, 이 점을 항상 유념해야 할 겁니다. 그 힘이 완전히 발현되면 그들은 무지와 두려움을 극복할 테니까요."

D-3가 또박또박 맞장구를 쳤다.

"다시 깨어날 일은 없다고 봅니다."

D-1이 단호하게 말했다.

"그럴까요?"

"이미 그들은 먹이에 넘어갔잖아요."

"델타푸드를 먹고 델타인이 되었죠."

D-4와 D-5가 덧붙였다.

"그렇게 단순하고 어리석은 게 인간이죠. 고작 미각에 사로잡혀 그 엄청난 힘을 간단히 포기하다니."

"그러게요. 먹지 않고 사는 것, 생존 문제에서 해방되는 것이야말로 능력의 핵심인데."

D들은 사람들이 푸드 코트에서 게걸스럽게 음식을 입에 넣는 것을 모두 지켜봤다. 이들 눈에 그것은 인간보다는 동물에 가까운 모습이었다. 일생일대의 계기로 깨어난 힘을 순간의 유혹에 빠져 허투루 내버리는 어리석은 존재, 언제든 신에서 동물로 추락할 수 있는 유약한 존재, 그것이 바로 인간이었다.

"영혼을 팔아 버린 거죠. 케이크 몇 조각에."

"은전 몇 냥에 예수를 팔아 버린 유다처럼?"

"그럴싸하군요."

다섯 모두 웃었다.

"이제 게임 시스템이 작동할 거예요. 게임을 해서 푸드를 버는 시스템이죠."

D-1이 대화의 흐름을 끊고 말했다.

"푸드에 중독된 사람들은 게임에 참여할 수밖에 없어요. 게임을 해야만 푸드를 얻을 수 있죠. 그들은 그렇게 살기 위해 헛된 행동을 반복하며 생을 흘려보내게 될 겁니다. 그러다 시스템 속에서 삭제되는 거죠. 흔적도 없이."

"동물성을 극복하지 못한 인간의 운명이군요."

"인류의 몰락은 이제 시간문제군요."

모두가 크게 웃었다.

취임식이 열렸다. 델타존 푸드타워 앞 광장에서 시장이 활짝 웃었다. 사람들의 환성과 박수가 터져 나왔다. 사람들 사이에는 인간의 모습을 한 D의 분신들도 섞여 있었다. D-1은 군중과 비슷한 수만큼 분신을 생성해 두었다.

"구심과 닮았네."

"더 잘생겼는데."

D-1이 오늘 아침 빚어낸 시장의 모습은 어떤 인간보다도 인간다웠다. 과거에 대한 향수를 품은 채 새로운 세상을 꿈꾸는 델타인의 마음을 훔치기에 완벽한 얼굴이었다. 사람들은 옛 도시의 수장이었던 구심과 닮은, 그러면서도 온화하고 너그러운 인상을 가진 시장이 마음에 들었다.

취임식은 과거 소울시의 행사와 비슷한 형태로 진행되었다. 장소가 알파존에서 델타존으로 바뀐 것과 행사 규모가 줄어든 점만 제외하면 모든 것이 흡사했다. 사람들의 머릿속엔 소울 시스템이 부활하는 건 아닐까 하는 생각이 스쳤다.

"설마 그럴 리가."

"푸드가 있는데 소울은 무슨."

"맞아. 푸드타워 앞에서 취임식을 하고 있잖아."

"그래, 델타존이 중심이 된 세상은 다를 거야."

새로운 도시의 심장은 델타존이었다. 델타시는 델타존의 푸드타워를 중심으로 재편되었다.

델타존에 모인 사람들 사이에는 계급이 없었다. 과거에 어느 구역에 살았든 이제 그런 것을 묻는 사람은 없었다. 소울의 양이 차등적으로 지급되었던 과거와 달리, 새로운 도시에서는 모두에게 똑같은 양의 델타푸드가 분배되었다. 그리고 델타푸드를 먹는 모두가 똑같은 델타인이었다.

"자랑스러운 델타인 여러분. 자유와 평등의 도시, 델타시의 시장 쿠마입니다."

시장의 연설이 시작되었다. 목소리에서 강한 힘이 느껴졌다. 인공 에너지가 아닌 진짜 생명의 힘이라고 사람들은 생각했다.

사람들은 시장의 온화하면서도 당당한 모습에 기대감을 품었다. 물론 그 기대의 구 할은 푸드에 대한 것이었다. 사람들은 이제야 자신들에게 진수성찬을 대접한 사람이 누구인지, 푸드타워를 세우고 델타푸드로 자신들을 먹이고 있는 존재가 누구인지 알게 되었다.

사람들은 그 존재가 어떻게 세상에 등장했는지는 몰랐다. 하지만 그런 것은 아무래도 상관없었다. 자신들을 먹여주는 시장이 그저 고마울 따름이었다. 가능하면 시장이 영원히 살기를, 그래서 푸드가 영원히 공급되기를 진심으로 바랐다. 물질이자 비물질인 델타푸드는 사람들의 생각을 그렇게 바꾸었다.

오늘 시장 취임식이 끝난 뒤 또 만찬이 기다리고 있었다. 델타푸드 만찬이었다. 델타푸드는 하나만 먹어도 모든 음식을 먹은 것처럼 느껴졌다. 세상의 모든 맛을 음미하면서도 배가 부르거나 소화불량에 걸리는 일도 없었다. 이 놀라운 먹거리와 함께 새로운 세상, 새로운 인생이 시작된 것이었다.

"여러분, 우리에게 새로운 시대가 열렸습니다. 첨단 도시 델타시에서는, 소울머신 같은 거추장스러운 기계를 몸에

달고 다닐 필요가 없습니다. 우리는 그저 델타푸드를 먹고
즐기기만 하면 됩니다. 이것이 인간의 본성이고 자연입니
다. 우리는 이제야 본모습을 되찾고 고향으로 돌아온 것입
니다."

사람들이 감동의 눈빛으로 큰 박수를 쳤다.

"더 이상 델타인은 제4계급이 아니며 델타존은 최하위
구역이 아닙니다. 델타는 중심이자 최고입니다. 그리고 우
리는 모두 델타인입니다. 이제 델타인은 일하지 않고 놀고
먹으며 살아갑니다. 누구나 자유롭게 인생을 즐기는 시대
가 열린 것입니다. 우리는 위대한 D, 델타입니다."

시장 쿠마가 두 손을 번쩍 쳐들었다. 사람들도 손을 들고
환호했다.

델타시는 소울시와는 근본적으로 달랐다. 조화와 균형보
다는 자유와 평등이지. 사람들은 그렇게 생각했다. 평등한
자유. 공평하게 분배되는 푸드의 힘만큼 강력한 건 없었다.
인류가 오랜 시절 꿈꿔 온 유토피아가 델타시로 구현된 것
같았다.

"새로운 시대, 새로운 세상에서, 우리 델타인은 먹고사는
문제에서 벗어나 인간의 본성을 실현하며 인류의 황금시대

를 열어갈 것입니다. 이것이 자유와 평등의 도시, 델타시의
비전입니다.”

사람들의 함성과 박수가 터져 나왔다.

“델타인 만세!”

“델타시 만세!”

군중들 사이에서 D들이 동시에 웃었다.

13

델타게임

델타시가 공식 출범하면서 숲에 머물던 나머지 사람들도 도시로 옮겨 갔다. 푸드타워가 들어선 뒤 이미 많은 사람들이 구역으로 이동해 숲에는 그리 많은 사람들이 남아 있지 않았다.

"숲 생활은 너무 따분해."

"사람은 살던 데서 살아야 해."

사람들은 그렇게 말하며 뒤도 돌아보지 않고 숲에서 벗어났다. 주나는 그들이 숲을 떠나는 진짜 이유를 알고 있었다. 구역에서 델타푸드를 맛본 것이다. 숲속 자연인들은 먹지 않고도 살 수 있었지만 이왕이면 미각을 즐겁게 하며 사는 편이 좋았다. 먹을 것을 얻기 위해 일을 해야 하는 것도 아니고, 푸드가 평생 공평하게 제공된다니 이보다 좋을 수가 없었다. 사람들이 숲을 떠나지 않을 이유가 없었다. 그들은 기꺼이 자연인에서 델타인이 되었다.

주나는 그들을 붙잡으려 했지만 소용이 없었다.

"먹지 않는 능력? 그런 것도 능력인가?"

사람들은 주나를 향해 그렇게 말했다.

"아무것도 안 하는 게 어떻게 능력이 되겠어?"

"먹을 수 있는 능력이야말로 진정한 능력이지."

사람들은 그렇게 주나의 손을 뿌리쳤다. 주나는 안타까웠지만 그들의 생각을 바꿀 수 없었다.

이제 숲에 남은 사람은 다섯뿐이었다. 주나네와 청명 커플. 카인을 통해 델타푸드의 실체를 알게 된 이들이었다.

"델타푸드가 사람들을 홀리고 있어."

주나가 이렇게 말하자 리후는 고개를 갸웃했다.

"사람들이 떠나는 이유가 꼭 델타푸드 때문일까?"

"그게 아니면 뭐야?"

"저 사람들을 봐."

리후가 사람들의 뒷모습을 가리키며 말을 이었다.

"숲에서 달아나는 것 같지 않아? 사람들은 숲을 떠날 이유를 찾고 있었던 거야."

"그게 무슨 말이야?"

주나가 리후를 물끄러미 봤다. 주나는 요즘 리후에게 왠지 모를 거리감을 느끼고 있었다. 시선이 맞닿자 리후는 서둘러 눈을 피했다.

"아냐, 아무것도."

리후는 그렇게 둘러대고 집에서 나와 숲길을 걸었다. 마음이 답답할 때마다 리후가 걷는 길이었다. 그러나 길을 걸어도 숲은 숲이었다. 그는 이제 숲에서 나가고 싶었다. 도시가 그리웠다. 그러나 이런 생각을 누구에게도 털어놓을 수 없었다.

"어? 여기서 뭐 해?"

명하였다. 리후가 자주 가는 숲길에 명하가 혼자 앉아 있었다.

"그냥, 생각 좀 하느라고."

"무슨 생각?"

명하의 얼굴에 그늘이 깔려 있었다. 리후는 명하 곁에 앉

왔다.

"숲속의 생활…… 어떻게 생각해?"

명하가 살짝 놀란 듯한 표정으로 리후의 옆모습을 봤다. 리후는 고개를 숙이고 있었음에도 명하가 어떤 표정을 짓고 있는지 직감했다.

"나랑 비슷한 마음이구나."

"지루하지?"

"그래, 너무 단조롭고…….''

명하가 고개를 끄덕였다.

"차라리 소울시 생활이 나았던 것 같아."

"나만 그렇게 생각하는 게 아니었네."

명하가 옅게 한숨을 쉬었다.

그때 한 중년 남자가 그들 앞을 지나갔다. 숲을 떠나는 사람이었다.

"너희는 안 가니?"

남자가 둘을 보며 물었다. 리후와 명하는 대답 대신 서로를 마주 봤다.

'갈 거예요.'

리후가 속으로 대답했다. 푸드를 먹고 인생의 방향을 찾

123

은 사람들이 부러웠다. 하지만 확신은 들지 않았다.

'나도 푸드를 먹어 볼까? 아냐, 그건 아냐……'

명하 또한 같은 고민을 하는 듯 눈동자가 흔들렸다.

리후는 혼란스러운 마음을 안고 집으로 돌아왔다. 주나와 공한이 눈을 빛내며 대화를 나누고 있었다.

"푸드의 진실을 사람들에게 알려야 해."

주나가 말했다.

"사람들이 그 말을 믿어 줄까?"

리후가 끼어들었다.

"어떻게 되든 알리긴 해야지."

공한은 주나와 같은 생각이었지만 한편으로는 리후의 뜻에도 공감했다. 카인이 모두에게 진실을 공개하지 않는 이유도 마찬가지일 것이었다. 이미 사람들은 델타푸드를 먹은 뒤였고 매일같이 그것을 입에 넣으며 푸드에 완전히 빠져 있었다. 카인처럼 정신력으로 푸드 중독을 끊는 사람도 있겠지만 그런 강한 정신의 소유자는 극소수일 것이다. 그리고 그게 누구인지도 알 수 없었다. 그들에게 진실을 알리는 것이 어떤 결과를 불러올지 장담할 수 없었다.

곧 청하와 명하가 왔다. 주나와 공한의 대화에 모두가 자연스럽게 끼어들었다.

"사람들에게 알려서 크게 달라지는 건 없을 거야. 괜히 우리만 곤란해질 수 있어."

명하는 리후와 같은 생각이었다.

"그렇다고 보고만 있을 수는 없잖아. 사람들이 낭떠러지로 달려가고 있는데."

청하가 말하며 넷을 둘러봤다. 명하와 청하의 눈이 마주쳤다.

"낭떠러지?"

명하가 청하에게 쏘는 듯 되물었다. 청하는 요즘 명하가 좀 달라졌다고 느끼고 있었다. 주나가 리후에게 느끼는 감정과 비슷했다.

"우리끼리 이러지 말자. 늦기 전에 카인 아저씨를 다시 만나 보면 어떨까?"

공한이었다. 얼어붙을 뻔한 분위기를 풀기 위해 제안한 것이었다. 하지만 카인이야말로 누구보다 상황을 잘 알고 있는 인물이기에 분명 합리적인 제안이었다.

"그렇네. 그분과 상의하면 방법이 나올지도 몰라."

공한의 제안에 모두가 고개를 끄덕였다.

"곧 해가 질 시간이니까 내일 아침에 다시 모여서 출발하자. 다시, 델타존으로."

다섯은 이른 아침 숲에서 나와 델타존 끄트머리에 있는 카인의 집으로 향했다. 그런데 이상했다. 카인의 집이 보이지 않았다.

"어, 분명 여기 있었는데."

"이 자리가 확실해?"

"맞아, 여기였어. 델타존과 숲의 경계선 옆."

"나도 기억해."

모두의 기억이 틀릴 수는 없었다.

"이것 봐!"

명하가 땅바닥을 가리켰다. 카인의 집이 있던 자리에 작은 화살표가 꽂혀 있었다. 델타시 쪽을 가리키고 있는 화살표엔 작은 글씨로 'Welcome, Delta Game'이라 적혀 있었다.

"델타……게임? 이게 뭐지?"

"숨바꼭질이라도 하자는 건가?"

"델타시 안으로 들어오라는 얘기 같은데."

다섯은 경계선 앞에서 머뭇거렸다. 한 발짝만 옮기면 도시 안으로 들어가게 된다. 그런데 주나는 왠지 그 한 걸음을 떼는 것이 꺼림칙하게 느껴졌다.

"뭔가 달라졌어."

"뭐가?"

리후가 주나를 바라봤다.

"그냥, 좀 느낌이 이상해."

"아저씨 집이 없어진 것도 그렇고."

"이런 표시도 좀 이상하고."

청하와 명하도 덧붙이며 경계선을 선뜻 넘지 못하고 주춤거렸다.

"일단 구역 안으로 들어가 보자. 카인 아저씨를 찾아야지."

모두가 머뭇거리는 가운데 리후가 앞장서 경계를 넘었다. 주저하던 청명 커플도 이어 선을 넘었다. 공한과 주나 또한 불안을 품은 채 뒤를 따랐다.

"아앗!"

"어어!"

선을 넘은 순간 모두의 입에서 짧은 비명이 터졌다.

"이거 뭐지?"

"찌릿했지?"

경계를 넘는 순간 이상한 자극이 왔다. 머리부터 발끝까지 몸 전체가 자극된 듯했다. 한순간이었지만 모두가 그것을 느꼈다. 주나는 기분이 좋지 않았다.

"이게 뭐지?"

"새로운 자기장?"

"설마."

소울시는 사라졌다. 그러나 같은 자리에 델타시가 생겼다. 그렇다면 델타시는 무엇으로 유지되는 세계인가? 새로운 에너지인가? 그렇다면 그 에너지는 무엇인가? 주나는 의문과 함께 친구들의 얼굴을 바라봤다.

"왠지 불쾌해."

"나도 그래."

"일단 델타시 중심부로 들어가 보자."

중심부의 거리로 들어서자 놀라운 광경이 눈앞에 펼쳐졌다. 델타시는 이전에 그들이 알던 그곳이 아니었다. 소울시가 건재하던 시절의 알파존보다도 화려하고 번잡한 곳이었다. 온 세상이 번쩍거리는 간판들로 가득 차 있었다. 가장 눈에 띄는 한 간판에선 'Play the Game'이라는 글자가 깜빡거렸다.

14

새로운 현실

거리에는 사람들이 분주하게 움직이고 있었다. 그리고 그들 손에는 하나같이 그물망이 들려 있었다. 방패나 방망이를 손에 쥐고 있는 사람도 있었다.

"다들 왜 저런 걸 들고 다니지?"

"글쎄. 설마 누굴 해치려는 건 아니겠지."

주나는 그렇게 말하며 사람들을 보았다. 전에 보았던 그 사람들이 아닌 것 같았다. 생기 없는 눈빛은 비슷했지만 몸이 달라 보였다. 전신이 흐릿해진 것 같기도 했다.

"여기 검색 기기가 있어."

길가에 정보 검색대가 설치되어 있었다. 주나는 보이는 대로 '사람 찾기' 항목을 터치했다.

"30D를 넣으세요."

검색대에서 소리가 들려왔다.

"30D라니?"

그들은 무료로 제공되는 '기본 정보'를 터치했다.

"D는 델타시에서 두루 사용되는 교환 수단으로 델타푸드를 뜻합니다. 델타푸드를 몸에 축적해 현금처럼 사용하세요. 소화되고 남은 델타푸드는 현금이 됩니다. 내 몸에서 꺼내 언제 어디서나 쓸 수 있는 델타푸드. 먹어도 좋고, 지불해도 좋고, 저축해도 좋은 만능 델타, 델타시 델타푸드."

"델타푸드가 돈이 된 거야?"

"그럼 그렇지."

공한이 심각한 얼굴로 정보를 다시 봤다.

"그런데 델타푸드는 무상으로 지급된다고 했잖아."

그걸 받기 위해 줄 서 있던 사람들이 떠올랐다.

"우리도 델타푸드를 받아서 쓰자."

"푸드니까 먹어야 하는 거 아냐?"

주나는 푸드가 마치 소울 같다고 생각했다. 유료 정보를 얻기 위해선 푸드가 필요했지만 그걸 먹을 수는 없었다.

카인을 찾아서 더 많은 이야기를 들어야 했다. 그동안 어떤 일이 있었기에 도시가 이렇게 급변했는지도 궁금했다. 그리고 주나는 무엇보다 카인에게서 나다수 이야기를 더 듣고 싶었다. 지난번에 카인에게 묻지 못한 것이 있었고 이번에 그를 만나면 꼭 그걸 알아보리라 생각했다. 그런데 그는 어디에 있는 걸까?

주나와 친구들은 거리를 빠져나와 푸드타워 앞 광장에 도착했다. 그런데 이전처럼 배급을 받기 위해 줄을 선 사람들이 보이지 않았다.

"다들 어디 간 거지?"

"오늘 배급이 끝났나?"

줄을 선 사람들은 없었지만 광장 벤치에 앉아 있는 사람들은 꽤 있었다. 주나 일행은 한 여자가 있는 곳으로 다가갔다. 멍한 표정의 여자는 한가해 보였다.

"한산하네요. 사람들이 다 어디로 갔을까요?"

주나가 여자에게 천연스럽게 물었다.

"어디로 갔긴요. 푸드를 벌고 있죠."

"푸드를 벌어요? 사람들이 일을 하나요?"

주나가 놀라 물었다. 다시 소울시의 악몽이 그려지는 듯
했다.

"아뇨, 델타시는 노동 없는 도시인 거 몰라요?"

여자가 주나와 친구들을 위아래로 훑어봤다. 공한이 얼
른 대꾸했다.

"알죠. 델타푸드가 있는데 왜 일을 하겠어요?"

여자의 얼굴이 조금 풀렸다.

"타임을 죽이는 건 일이 아니에요."

"타임? 시간을 죽인다고요?"

공한이 다시 물었다.

"타임 몰라요? 델타게임……."

여자는 말을 멈추고 경계하는 눈빛으로 공한을 쏘아봤다.

"게임이라뇨?"

리후가 다시 묻자 여자가 벌떡 일어났다.

"뭐예요, 당신들?"

여자는 주나 일행을 흘겨보고는 자리를 떴다.

그사이 광장의 다른 사람에게 접근해 델타게임이 뭔지
알아낸 명하가 입을 열었다.

"델타시 사람들은 모두 '타임'이란 걸 죽이는 게임을 하

133

고 있고, 그 게임을 통해 푸드를 벌고 있대."

그게 간판에서 깜빡이고 있는 'Play the Game'의 의미였다.

"'타임'을 죽인다는 건 단순히 시간을 때운다는 의미가아닐 거야."

"새로운 시스템이 아닐까."

청하도 같은 짐작을 했다.

"그런 것 같아. 일 대신 게임을 하고 있는 거지."

델타시는 취임식과 함께 제도를 새롭게 정비했다. 배급제도가 사라지고 게임 제도가 생긴 것이다. 이 모든 것은보이지 않는 곳에서 D들이 만든 것이었다.

게임장을 찾는 것은 어렵지 않았다. 아니, 찾을 필요도없었다. 게임장이 따로 존재하지 않았기 때문이다. 델타시의 모든 곳에 '타임'이 있었다. 델타게임의 룰은 도시 곳곳에 출몰하는 동물 모양의 타임을 잡는 것이었다.

"타임이다!"

"타임 잡아라!"

사람들은 눈에 불을 켜고 타임을 잡았다. 남녀노소 타임용 그물을 손에 들고 타임을 포획했다. 타임이 그물 안에 들어가면 타임은 사라지고 푸드가 생겨났다. 사람들은 획득한 푸드를 입에 넣어 몸속에 비축했다.

타임은 공격성이 없어서 사람들에게 해를 끼치지 않았다. 다만 하루에 나타나는 타임의 수가 한정돼 있어서 사람들은 그것을 잡기 위해 경쟁을 해야 했다. 크기가 클수록 푸드를 많이 얻을 수 있기에 대형 타임이 나타날 때는 사람들끼리 싸움을 벌이기도 했다. 이럴 때를 위해 체력과 무기를 준비해 두어야 했다. 아이템을 장착하는 데도 푸드가 필요했다.

"재밌을 것 같은데?"

리후가 타임 잡는 사람들을 보며 말했다. 숲의 단조로운 생활보다는 훨씬 활력 있어 보였다.

"게임이니까."

주나는 그렇게 대꾸했지만 별로 흥미가 일지 않았다. 공한과 청하도 딱딱한 얼굴이었지만 그 사이에 있는 명하는 리후와 비슷한 표정을 짓고 있었다.

"게임을 하며 사는 삶이라……."

명하는 사람들을 보며 생각에 잠겼다. 새로운 방식의 인생이라는 생각이 들었다. 그리고 그런 인생을 한번 살아 보고 싶었다.

　다섯 사람이 서로 다른 생각에 빠져 있는 사이, 공한이 먼 곳에 서 있는 한 남자를 가리켰다.

　"저기, 카인 아저씨 아냐?"

　"어? 맞는 것 같아. 그런데 모습이 좀……."

　"가까이 가 보자."

　일행은 카인으로 보이는 남자에게 다가갔다.

　"아저씨!"

　"어, 너희들이구나."

　정말 카인이었다. 그런데 그의 모습은 이전과는 사뭇 달랐다. 금방이라도 쓰러질 듯 가냘팠던 체구가 크고 건장한 몸으로 변해 있었다. 몸에 살도 찌고 얼굴에도 기름기가 흘렀다. 누구도 그때의 카인을 상상하기 힘들 정도였다.

　주나는 카인의 눈을 바라봤다. 형형했던 눈빛도 간데없었다. 허기에 시달리던 모습보다는 훨씬 편안해 보였지만 그 모습이 좋게 느껴지진 않았다. 그때의 카인은 눈빛이 살아 있었다. 그런데 지금은 눈동자가 탁하게 죽은 듯 보였다.

　"아저씨, 많이 달라지셨네요."

　주나의 시선이 카인의 왼쪽 가슴에 닿았다. 거기엔 검은 해골 모양의 배지가 달려 있었다. 왠지 섬뜩했다. 주나는 그게 뭔지 궁금했지만 입을 다물었다.

"그동안 무슨 일 있으셨어요?"

"집도 안 보이던데, 이사하셨어요?"

청하와 명하가 카인에게 한마디씩 물었다.

"어, 그게."

카인의 눈동자에 당혹감이 스쳤다. 무언가 말하기 곤란한 일이 있는 듯했다. 카인이 머뭇거리자 주나가 화제를 돌렸다.

"아저씨, 사람들이 게임을 한다면서요? 푸드를 얻기 위해서요."

"이제 알았니? 델타시는 이제 게임 도시야."

카인의 얼굴에 갑자기 화색이 돌았다.

"방금 1000D 획득했다."

"네?"

"봐라."

카인이 가슴에 달린 검은 해골을 터치했다. 그러자 그의 머리 위로 커다란 스탯창이 떴다.

"어머!"

"이게 뭐야!"

주나 일행이 하나같이 놀라 소리쳤다. 허공에 반짝이는 스탯창이 그의 능력치를 보여 주고 있었다. 그 속에도 검은 해골이 박혀 있었다.

"여기는 게임 도시라니까."

카인이 다섯 사람을 한 명씩 둘러봤다.

"하긴 모를 만도 하지. 그동안 숲속에만 들어앉아 있었으니……."

"……."

"그사이 여기는 엄청나게 변했다. 날마다 변하고 있고. 아침에 새로운 건물이 생겨났다가 그날 저녁에 사라지기도 하지."

"어떻게 그럴 수가 있죠?"

리후가 눈을 커다랗게 뜨고 물었다.

"게임이니까."

"이게 전부 가짜라고요?"

공한이 주위를 휘둘러봤다.

"이곳은 게임 속 세계야."

"그럼…… 현실 세계는요?"

주나가 믿을 수 없다는 듯 물었다. 불안의 실체를 맞닥뜨린 순간이었다.

"이게 현실이야."

15

존재성 제로

"말도 안 돼. 그게 무슨 말이에요? 이 도시 전체, 그러니까 현실 자체가 가상이 된 거라고요?"

공한이 질린 표정으로 물었다. 카인은 대답 대신 자신의 스탯창을 가리켰다.

"내 레벨 보이지? 이 정도면 상위 5% 안에 들어."

스탯창에 가장 굵게 적힌 '존재성'이란 글자가 눈에 들어왔다. 카인의 존재성은 90%라고 적혀 있었다.

"내가 델타시에서 90% 존재한다는 뜻이야."

카인이 존재성에 대해 설명했다. 소울시의 소울머신이

남은 수명을 측정했듯 델타시에서는 그 사람의 '존재하는 정도'를 측정했다. 존재성은 푸드를 많이 먹을수록 높아진다. 존재성이 높을수록 강한 힘을 가지게 되고 존재성 100%가 되면 '매니페스터'가 된다.

"매니페스터? 그게 뭐죠?"

주나가 물었다.

"완전히 존재하는 자. 자기 존재를 완벽하게 현현한 게이머를 뜻해."

'현현'이라는 말을 듣는 순간 주나 몸에 전율이 일었다. 알 듯 말 듯 한 말이었지만 왠지 영혼을 울렸다.

카인이 말을 이었다.

"매니페스터가 되는 게 델타게임의 목적이군요."

공한이 카인을 보며 말했다.

"궁극적으로는 그렇지. 하지만 그렇게 되긴 쉽지 않아. 아직까지 매니페스터가 된 사람은 없어."

"그건 왜죠?"

"'마라'와 대결해야 하거든."

카인이 대답하며 자신의 해골 배지를 감쌌다.

"마라가 뭐죠?"

"마왕이다. 이 세계의 지배자지."

게임의 끝판왕인 듯했다. 카인은 창을 띄워 마라의 모습을 보여 줬다. 검은 드레스를 입은 눈부신 미모의 여성이었다.

"마라의 모습은 어떻게든 바뀔 수 있어. 남자가 될 수도, 동물이 될 수도 있지."

카인은 묻지도 않은 설명을 했다.

"마라가 그렇게 강력한가요?"

리후가 물었다.

"물론 강력하지. 하지만 매니페스터가 나오지 않는 진짜 이유는……."

"그게 뭐죠?"

리후가 다시 물었다.

"애초에, 사람들이 그걸 원하지 않는다는 거야."

"왜요?"

주나의 눈이 동그래졌다.

"완전히 존재하게 되면 게임 세계에서 로그아웃되거든. 일명 '아웃'이라 부르지. 아웃된다는 건 더 이상 여기서 살지 못한다는 거야. 세상을 떠나고 싶은가? 누가 그걸 원하겠어?"

카인의 눈이 야수처럼 빛났다. 주나는 왠지 마음이 거북했다.

"우리의 존재성은 얼마나 될까?"

대뜸 리후가 친구들을 돌아보며 물었다.

"우리의 존재성? 우린 델타인이 아니잖아."

청하가 말했다. 동시에 카인이 웃었다.

"너희도 델타인이다. 당연히……."

"아뇨, 저희는 자연인인데요."

주나가 표정을 굳히며 말했다.

"델타시에 들어왔으면 델타인이지. 경계선을 넘은 순간 온몸이 전자화된다."

주나는 아까 도시 안으로 진입했을 때 온몸이 저릿했던 그 느낌이 떠올랐다. 몸에 전율이 일었다.

"각자 자기 가슴을 터치해 봐라."

"헉!"

허공에 다섯 개의 스탯창이 떠올랐다. 거기엔 초심자에게 제공되는 기본 정보와 게임의 룰도 적혀 있었다.

"이게 뭐야?"

"우리도 게이머가 된 거야?"

카인은 뭐가 좋은지 껄껄 웃었다.

"델타인은 모두 게이머야. 이 도시에 들어왔으면 모두가 게임의 룰을 따라야 하지."

그는 마치 안내원 같았다. 규칙을 설명하는 것을 즐기는 듯 보였다.

"그런데 우리는 아무것도 하지 않았는데 왜 존재성이 99%지?"

다섯 명의 스탯창에 모두 '99%'라고 적혀 있었다.

"그건 너희가 초심자라서 그래. 게이머로서 기회를 주는 거지. 이십사 시간 동안."

"초심자가 존재성이 가장 높군……."

리후가 스탯창을 보며 중얼거렸다.

"하루 동안만이야. 가만히 있으면 하루 뒤엔 존재성이 빠르게 줄어들지. 제로가 되기 전에 타임 사냥을 해서 푸드를 벌어야 해."

"그런데 타임이란 게 대체 뭐죠?"

청하가 물었다.

"타임은 델타시가 만든 시간의 동물이다. '델타'와 게임'

의 뒤 글자를 따서 지은 거지."

"시간의 동물? 그건 또 뭐죠?"

"시간을 형체화한 거지. 두꺼비처럼 생겼는데 그 몸속에 시간 에너지를 품고 있어. 타임의 크기에 따라 에너지에도 차이가 있지."

호기심이 이는 신기한 이야기였다. 그런데도 주나는 여전히 왠지 모를 불쾌감을 느꼈다.

"시간이야말로 가장 근본적인 에너지 아니겠니?"

카인이 주나에게 물으며 얼굴을 가까이했다. 주나는 살짝 놀라 한 발짝 뒷걸음쳤다.

지켜보던 공한이 대신 대답했다.

"그렇죠. 시간이 없으면 생명도 없는 거니까. 시간은 곧 생명……."

"타임을 죽이면서 영원히 사는 거야. 이 완전한 세계에서."

카인이 공한의 말을 자르며 섬뜩하게 말했다. 그의 가슴에서 해골이 검게 번뜩였다.

"타임!"

누군가 소리쳤다.

145

거리에 튀어나온 타임을 보고 사람들이 우르르 몰려들었다. 그런데 카인은 미동도 하지 않았다. 스탯창을 보여 주며 능력을 자랑하던 아까의 모습과는 딴판이었다.

"아저씨는 왜 안 잡으세요?"

리후가 묻자 카인이 미소 지으며 대답했다.

"최고의 타임 킬러들은 잔챙이는 안 잡는다. 그건 애들용이지. 전사들은 힘을 비축해 뒀다 큰 놈들을 사냥한다."

그때였다. 그들 앞을 지나가던 한 소녀의 몸이 노이즈가 이는 것처럼 지직대더니 순식간에 사라졌다.

"헉! 저게 뭐예요?"

모두가 놀라 소리쳤다.

"다 된 거야."

"네?"

"존재성 0%, 제로가 된 거지."

"제로가 됐다는 건……."

청하가 얼빠진 얼굴로 중얼거렸다.

"몸속 푸드가 전부 떨어졌다는 거지. 존재성이 바닥날 때까지 타임을 사냥하지 못한 거야."

델타인은 먹어야 사는 존재였다. 자연인과 반대로.

"존재성 제로가 되면, 세상에서 사라지나요?"

리후가 물었다.

"당연하지."

카인이 송곳니를 드러내며 씩 웃었다.

"사라진 사람들은 어디로 가죠?"

리후가 다시 물었다.

"어디로 가냐고? 방금 말했잖아. 이 세상에서 사라진 거라고."

카인이 덤덤하게 답했다.

"이해할 수가 없어요. 그냥 없어진다는 건가요?"

공한이 인상을 찌푸리고서 물었다.

"그래, 존재가 완전히 삭제된 거야. 너희도 저렇게 되기 전에 푸드를 먹는 게 좋을 거다."

"그럼 저렇게 흐릿해진 사람은……."

공한이 길 건너편의 여자를 가리키며 말했다. 그 사람은 형체가 가물가물할 정도로 흐릿하게 보였다.

"존재성 20% 이하가 되면 저렇게 보인다. 100%에 가까울수록 뚜렷하게 보이……."

"아저씨, 저희는 이만 가 볼게요."

주나가 카인의 말을 뚝 잘랐다.

"어딜 간다는 거지?"

"집에요."

"집?"

"숲에 있는 우리 집이요."

카인이 크게 소리 내어 웃었다.

"게임이 끝나기 전엔 아무도 나갈 수 없어."

"네?"

"게임은 끝나지 않을 거야. 매니페스터가 되기 전까진."

"무슨 소리예요? 우리는 밖으로 나갈 거예요!"

"단념해. 바깥은 없어. 말했잖아. 이게 세계의 전부라고. 우리는 델타인이고 델타시가 우리의 세계야. 이 몸, 이 현실이⋯⋯."

"아뇨, 우리는 델타시 밖에 있는 숲에서 왔어요. 거기서 푸드 없이 살아왔고요."

주나가 목에 힘을 주었다.

"숲? 그런 게 아직도 있다고 믿니?"

카인이 묘한 웃음을 흘렸다.

16

심안의 소년

"숲은 존재하지 않아."

카인이 반복해 말했다. 주나는 다시 소름이 끼쳤다. 무슨 소리냐고 묻고 싶었지만 무슨 말을 듣게 될지 두려웠다.

"그게 무슨 뜻이죠?"

주나 대신 리후가 물었다. 리후는 감정이 복잡한 듯 심각한 표정을 지어 보였다.

"숲, 자연, 생명, 그런 건 다 헛것이야. 나도 왕년엔 그런 것에 집착했지만 이제 깨달았다. 그 모든 게 허상이었다는 걸. 그래서 델타시로 들어와 도시 정비원이 되었지. 일명 블랙스컬."

카인이 해골 배지를 가리켰다.

"정비원? 그래서 우리에게 정보를 알려 주는 건가요?"

"그래, 초심자들을 안내하는 것도 내 임무 중 하나니까."

뒤에서 카인의 말을 듣고 있던 청하가 갑자기 앞으로 나왔다.

"좋습니다. 정말 이곳이 가상현실이고, 게임이 끝나기 전엔 여기서 나갈 수 없다면 방법은 하나뿐이겠네요."

청하가 또박또박 말했다.

"그게 뭔데?"

"스스로 존재성 제로가 되는 것."

청하의 말에 카인이 껄껄 웃었다.

"방금 봤잖아, 존재성 제로가 뭔지. 여기서 네가 사라지면 숲이나 저승에 네 몸이 짠하고 나타날 것 같니?"

다섯은 말문이 막혔다.

"소멸자들은 그냥 없어진 거야. 데이터가 삭제되듯, 어디에도 존재하지 않는 거야."

카인이 단호한 목소리로 말했다. 그가 거짓말을 하는 것 같지는 않았다.

"뭐 이런 게 다 있어?"

공한이 소리쳤다.

"이따위 게임을 대체 누가 만든 거죠? 사람 목숨으로 장난하는 건가요?"

청하도 분통을 터뜨렸다.

"그게 델타시의 룰이다. 로마에 왔으면 로마법을 따라야지."

청하가 고개를 흔들었다.

"우린 이 게임의 룰에 동의한 적 없어요."

"이런 줄 알았으면 당연히 오지 않았죠."

주나는 나갈 방법이 있을 거라 생각했다.

"너희가 제 발로 들어왔잖니?"

카인이 악마처럼 웃었다. 이내 순식간에 표정을 굳히고 속삭였다.

"플레이 더 게임."

**
**

카인이 자리를 뜬 뒤 한동안 누구도 말을 꺼내지 못했다.

주나와 친구들은 넋이 빠진 채 그저 그 자리에 머물렀다.

"이게 다 무슨 일이지?"

침묵을 깬 건 주나였다.

"악몽에 빠진 것 같아."

명하가 고개를 숙인 채 얼빠진 얼굴로 중얼거렸다.

"우리가 뭘 잘못한 걸까?"

"그런 건 없어. 이곳에 들어온 게 잘못이라면 잘못이겠지만."

리후와 공한이 묻고 답했다. 명하는 자신의 스탯창을 들여다보고 있었다.

"나갈 방법을 찾아보자. 분명히 길이 있을 거야."

청하가 결심한 듯 고개를 들고 공한을 보며 말했다.

"일단 여기서 뭔가를 하려면 푸드가 있어야 해. 그리고 우리에겐 하루라는 시간과 푸드가 주어져 있고."

공한이 침착한 어조로 말했다. 괴물한테 몰려 가도 정신만 차리면 산다고 했다. 공한은 그 말을 믿었다. 소울시에서 자신이 해낸 일도 떠올렸다.

"우리는 이보다 더 큰 어려움도 이겨 낸 사람들이야. 소울 시스템을 붕괴시킨 우리가 이깟 게임을 못 끝내겠어?"

공한이 덧붙였다. 주나도 다시 입을 열었다.

"그래, 맞아. 그때 일에 비하면 이건 아무것도 아냐."

"그럼 이제 뭘 해야 할까?"

다섯은 일단 근처 공원으로 몸을 옮겼다. 거기서도 타임 잡기가 한창이었다. 그때 한 소년의 시선이 주나 일행에게 닿았다. 소년은 사냥을 멈추고 그들을 빤히 보았다. 열두 살쯤 돼 보이는 작은 몸집의 소년이었다.

"얘, 뭘 보는 거니?"

명하가 소년에게 먼저 물었다.

"당신들은 초심자군요."

소년이 일행을 똑바로 보며 말했다.

"그걸 어떻게 알지?"

"저는 심안을 장착했어요."

"심안?"

"네. '마음의 눈' 아이템인데 다른 사람들의 스탯창을 볼 수 있는 능력이죠."

차분하게 말하는 소년은 왠지 이곳 사람이 아닌 것 같았다. 눈빛도 다른 델타인들과는 달랐다. 숲속의 소년처럼 눈이 맑았다. 심안이라는 것을 장착했기 때문인지도 몰랐다.

"넌 우리의 스탯창이 보인단 말이야?"

주나가 물었다. 그것이 타인에게 보인다니, 벌거벗겨진 기분이었다.

"하지만 걱정하진 않으셔도 돼요. 푸드 잔량까지는 안 보이니까."

소년이 말하면서 씩 웃었다. 그 웃음은 카인의 것과는 달랐다. 소년에겐 순수함이 있었다.

"너는 게임이 재미있니?"

"타임 잡는 거요? 그냥 하는 거죠. 살기 위해."

그랬다. 살기 위해 게임을 하는 것이다. 살기 위해 소울을 주입했던 것처럼. 그것이 세계의 규칙이니까. 그걸 깨면 살 수 없으니까. 그런데 주나는 소울시에서 그걸 깨고 나왔다. 나와서 새 생명을 찾았다. 새로운 땅을 찾았다. 그런데 그게 끝이 아니었다. 깨고 나오니 또 깰 것이 있었다.

"너 혹시 카인이라는 사람 아니?"

주나가 소년에게 물었다.

"블랙스컬 카인 말이죠?"

"블랙스컬? 아, 그 해골……."

주나는 아까 보았던 검은 해골 배지가 떠올랐다.

"블랙스컬들은 무조건 피하는 게 좋아요. 시스템의 하수 인이거든요."

소년은 카인에 대해 잘 알고 있었다. 카인은 자원해서 블 랙스컬이 되었다고 했다. 블랙스컬은 어떤 경우에도 존재 성이 50% 밑으로는 내려가지 않는 존재들이다. 적립한 푸 드가 바닥나거나 죽을 만큼 다쳐도 존재성이 절반은 남아 있기에 절대로 삭제되지 않는다. 결국, 이 세계에서 영원히 살게 된다는 뜻이다.

주나는 소름이 돋았다. 가상현실이지만, 아니 가상현실 이기에 가능한 얘기지만, 이런 가짜 세계에 영원히 머무는 것이 무엇을 의미할까? 소년도 그것이 끔찍한지, 말하면서 고개를 절레절레 흔들었다.

"카인은 블랙스컬 중에서도 가장 악질이에요. 그만큼 강 하다는 뜻도 되겠죠."

소년이 중얼거렸다.

"카인은 어떻게 그렇게 강해졌지?"

리후가 물었다.

"스승을 배신했거든요."

"배신?"

"네, 스승의 정보를 델타시에 넘겼어요."

"그 스승이…… 누군데?"

리후는 소년에게 물어보면서 주나를 흘긋 보았다. '스승'이란 말 때문인지 주나의 눈동자는 눈에 띄게 흔들리고 있었다.

주나는 쿵쿵거리는 가슴으로 소년의 말을 기다렸다.

"누구였더라? 숲의 마녀라고 불리던……."

"나다수?"

"맞아요."

주나는 얼굴이 달아오르고 손이 부들부들 떨렸다. 카인이 크게 변한 이유는 이것이었다. 스승을 팔아서 지위를 얻은 자, 배신으로 영생을 누리는 자, 가상현실에 영구히 머무는 존재. 그 모습이 달라지지 않을 수 없었다.

'타임을 죽이면서 영원히 사는 거야.'

카인의 목소리가 귓전을 울렸다.

17
매니페스터

정보창에서 음성이 흘러나왔다. 초심자를 위한 정보를 청하가 연 것이다.

"완전히 존재하는 자, 매니페스터가 되고 싶으신가요? 존재성 100%에 도달하세요. 마라를 만나 일대일 대결에서 승리하면 100% 존재하게 됩니다."

'100% 존재하게 된다'는 말에 주나는 갑자기 심장이 뛰었다. 완전하게 존재한다는 건 어떤 것일까? 99까지는 가상현실에 살지만 100이 되면 진짜 현실에서 살게 된다는 것도 묘하게 느껴졌다. 주나는 이 게임에 도전하고 싶어졌다. 매니페스터가 되고 싶었다.

음성 정보가 이어졌다.

"마라를 만나려면 대결 신청을 해야 합니다. 대결 신청은 존재성 90% 이상일 때만 가능합니다. 마라와의 대결에서 패배하면 존재성 0%가 되어 소멸합니다."

카인의 말대로 살아서 나가려면 0이 아닌 100에 이르러야 했다. 방법은 하나뿐이었다. 마왕을 이기는 것. 마라를 만나려면 초심자의 높은 존재성을 이용해야 했다. 수치가 더 추락하기 전에.

'시간이 없어. 할 일은 하나뿐이야.'

주나는 마음을 다잡았다.

그때 어디선가 바닥을 울리는 소리가 들려왔다. 소리는 점점 가까워졌다.

주나는 소리가 들려오는 방향으로 고개를 돌렸다. 거인 같은 남자가 커다란 보폭으로 다가오고 있었다. 피할 겨를도 없이 바로 앞까지 온 그는 거대한 팔을 뻗어 소년의 어깨를 움켜쥐었다. 남자의 가슴에도 블랙스퀼 배지가 달려 있었다.

"으악!"

소년이 비명을 질렀다. 소년의 작은 어깨가 우악스러운 손아귀에 으스러질 것 같았다. 소년의 얼굴이 사색으로 질렸다.

"왜 이래요? 아이가 놀라잖아요!"

청하가 일어나 남자의 팔을 잡았다. 그 순간이었다. 소년의 어깨가 부서지는 듯하더니, 경쾌한 효과음과 함께 소년이 간데없이 사라졌다. 소년을 소멸시킨 블랙스컬 남자는 청하를 거들떠보지도 않고 할 일을 했다는 듯 유유히 자리를 떴다.

"이럴 수가."

갑작스러운 사태에 일행 모두가 얼어붙었다. 그런데 이상했다. 눈앞에서 소년이 거인의 손아귀에 바스러져 사라졌는데도 주변 사람들은 이런 상황이 익숙한 듯 곧바로 자연스럽게 행동했다.

"이게 무슨 일이죠? 왜 다들 모른 척하는 거예요!"

공한이 주변 사람들에게 소리쳤다.

"강제로 소멸된 거예요. 스컬의 촉에 걸린 거죠."

근처에 있던 한 청년이 담담하게 대답했다.

"촉이라뇨? 그게 무슨 소리예요?"

"델타시에 위협이 되는 존재들은 스컬에게 제거되죠."

주나는 어안이 벙벙했다.

"게임의 룰을 위반하거나 시스템에 장애가 되는 행동을 하면 블랙스컬의 촉에 걸려요. 그게 도시 정비원이 하는 일이죠."

"그것도 게임의 룰인가요?"

청년이 고개를 끄덕였다.

"블랙스컬은 프로그램의 일부이기 때문에 아무나 해치진 않아요. 명령을 받고 움직이는 거예요."

"누구의 명령이요?"

"시스템의 명령이죠. 델타시, 게임 세계를 유지하기 위한."

청년이 덧붙였다.

"그들은 인간이 아니에요. 사람의 탈을 쓴 기계와 같아요. 우리와 똑같이 타임을 잡고 푸드를 먹고 살지만, 자의식이 없는 시스템의 부속품일 뿐이죠."

주나는 가슴이 철렁했다. 짐작대로 카인은 이전의 그가 아니었다. 블랙스컬과 오랫동안 대화를 했다는 사실도 소름 끼쳤다. 이 게임 세계, 가짜 세상에서 나가야 한다는 생각이 주나의 온몸을 가득 채웠다.

'이곳은 지옥이다. 죽음의 도시다.'

주나가 벌떡 일어났다.

"마라와 싸우자. 초심자는 기회야. 우리는 99% 가능성을 갖고 있잖아."

주나가 크게 말했다.

"그건 존재성이지 가능성이 아냐."

리후가 주나를 보며 말했다.

"존재성이 가능성이지. 존재성이 100%에 가까우니까 가능성도 크잖아."

청하가 리후를 보며 말했다.

"진짜 대결 신청할 거야?"

공한이 물었다.

"그러지 않고는 살 수 없잖아. 나갈 수도 없고."

청하가 다시 말했다.

"그래, 매니페스터가 되는 방법밖에 없어. 완전히 존재하게 되는 것만이 우리가 살길이야."

주나의 눈이 빛났다.

"그냥 여기서 살면 되지."

리후가 돌연 차갑게 말했다.

"뭐? 그걸 말이라고 해?"

주나의 눈에서 불꽃이 일었다.

"여기서 나가려면 싸워야 하잖아. 그것도 마왕이랑."

리후의 눈은 피로감으로 물들어 있었다.

"싸워야지. 살기 위해."

청하가 주나의 쪽에 서서 말했다.

"난 싸우지 않겠어, 살기 위해."

리후가 다시 단조롭게 말했다. 곁에서 명하가 고개를 끄덕였다.

"무슨 소리야? 설마 소멸되려는 건 아니지?"

공한의 물음에 리후가 고개를 저었다.

"당연하지. 현실적으로 생각해 봐. 마왕과 대결하면 오히려 소멸될 가능성이 더 크잖아. 안 그래?"

그랬다. 아직까지 마라와의 대결에서 승리한 사람은 없다고 했다. 리후가 말을 이었다.

"난 타임을 잡고 푸드를 먹을 거야. 그리고 영원히 살 거야."

"뭐라고?"

주나는 리후를 이해할 수 없었다.

"이 세계엔 죽음이 없어. 규칙만 따르면 영원히 살 수 있는 거야. 존재성이 1%만 되어도 어쨌든 존재하는 거니까."

소멸되지만 않으면 게임 세계에선 영원히 존재할 수 있었다. 가상현실 속 캐릭터는 늙지 않고 병들지 않고 죽지 않는다. 그저 존재하기만 하면 되는 것이다. 이것이 현실과 다른 점이었다.

공한은 마음이 흔들렸다. 처음엔 주나처럼 마라와 싸워야겠다고 생각했지만 듣고 보니 리후의 말이 맞았다. 현실적으로, 타협하는 쪽이 살아남을 가능성이 컸다.

"너무 나쁘게만 생각할 필요 없어."

리후는 누구보다 침착했다.

"무슨 말을 하고 싶은 거야?"

주나가 리후의 어깨를 붙잡았다. 타임을 사냥하던 사람들의 시선이 그들에게 모였다.

"꼭 숲에서 살아야 해? 아무것도 없고 아무 일도 일어나지 않는 그런 생활이 즐거워?"

리후가 주나의 팔을 치우며 대꾸했다.

"아무것도 없긴 왜 없어? 우리가 있잖아."

주나가 당황해하며 말했다. 그러나 리후의 표정은 풀리

163

지 않았다.

"숲 생활이 어때서? 우리는 거기서 평화롭고 행복했잖아."

청하가 주나를 대신해 말했다.

"아니, 난 지루하고 지겨워."

친구들의 눈이 커졌다. 리후가 말을 이었다.

"이 도시가 가상현실이라고? 내가 볼 땐 소울시만큼이나 진짜 현실 같은데. 내가 있고 세상이 있고 생각과 감정을 가진 사람들이 있어. 이런 게 가짜라면 소울시도 가짜겠지. 그럼 모든 세상이 다 가짜야. 어디로 간들, 어디서 산들, 다 똑같아."

주나는 멈칫했다. 리후가 이런 생각을 가지고 있는 줄은 몰랐다. 몇 차례 다른 의견을 낸 적은 있지만 누구나 그렇듯 갈등하고 있을 뿐이라고 생각했다. 하지만 지금의 모습은 이제까지 알던 리후가 아닌 것 같았다. 인생의 기로에서 사람의 본모습이 드러난다는 말이 사실인 것 같았다.

리후는 그동안 속에 쌓아 둔 말을 가감 없이 털어놓았다.

"아무것도 안 먹고, 아무 일도 안 하고, 아무런 사건도 없고…… 그런 숲속 생활이 더 비현실적이지 않아? 푸드를 먹고 타임을 잡고 푸드를 적립하고…… 그렇게 사는 게 훨

썬 현실적이지."

"그건 현실적인 게 아니라 중독적인 거야."

청하가 설득하려 했지만 리후는 고개를 저었다.

"나는 사람들과 어울리며 도시에서 활기차게 살고 싶어. 게임? 그게 뭐 어때서? 게임하며 사는 인생, 재미있잖아. 아무 일도 없는 것보다는."

리후의 말에 명하가 조용히 고개를 끄덕였다.

"나도 같은 생각이야."

"뭐?"

청하가 눈을 동그랗게 떴다.

"굳이 매니페스터가 되려고 애쓸 필요도 없어. 여기서 그냥 평범하게 사는 거야. 예전에 그랬던 것처럼."

이번에는 명하의 말에 리후가 고개를 끄덕였다.

18

세계의 선택

"가상현실과 진짜 현실이 따로 있는 게 아냐. 게임 세계
라 해도 우리가 그 속에서 진지하게 살아간다면 진짜 현실
이 될 수 있는 거지."

명하는 청하의 시선에도 아랑곳하지 않고 차분하게 이야
기했다.

"대체 무슨 궤변이야? 인공 푸드를 먹어서 존재를 만들
고, 존재성 제로가 되면 흔적 없이 사라지는 이런 세상이
진짜라고?"

청하의 목소리가 높아졌다.

"그럼 소울은? 그것도 인공 에너지잖아. 우리는 소울을 푸드처럼 몸에 넣으며 살았고, 그게 떨어지면 생명력이 고갈되어 쓰러져 죽었지. 하지만 그걸 가상현실이라 말하진 않았어."

청하는 말문이 막혔다. 모두가 입을 다물었다.

듣고 보니 그랬다. 소울시와 델타시는 근본적으로 다를 것이 없었다. 그리고 이곳은 소울시의 일부였던 델타존이었다. 이 모든 게 가짜라면 소울시도, 소울 에너지도, 그 에너지로 생존했던 과거 전 생애도 모두 가짜인 것이다.

주나는 머리가 어지러웠다. 리후와 명하의 말은 틀리지 않았다. 어떻게 보면 그게 더 설득력이 있었다. 그러나 마음이 그걸 지지하지 않았다. 뭐라 설명할 순 없지만 그 세계와 이 세계는 달랐다. 소울시가 바람직한 건 아니지만 그래도 델타시, 이 게임 세계와는 분명한 차이가 있었다. 그게 뭘까. 주나는 이 질문을 곱씹었다.

"여기서 우린 인간이 아니라 게임 캐릭터일 뿐이야."

청하가 자기 가슴을 터치해 스탯창을 열었다. 상단에 'DX-6874'라는 글자가 보였다. 그의 캐릭터 명칭이었다. 아직 정식 이름조차 없는 초심자였다.

청하가 이어서 말했다.

"게임 캐릭터에겐 자유의지가 없어. 캐릭터는 게임의 룰대로 움직이는 존재지. 영원히 그 규칙대로만 살아야 하는."

"룰을 따르지 않으면 존재하지 못하는."

주나가 청하의 말을 받았다.

"그 또한 소울시와 다를 게 없네. 소울을 벌어 생존하는 게임의 룰, 안 그래? 그때의 우리에겐 자유의지가 있었을까?"

리후가 의기양양하게 대꾸했다.

"하지만……."

주나는 반대하고 싶었다. 리후의 말은 자기 안에 숨어 있는 다른 마음 같았다. 주나는 그걸 이기고 싶었다. 강하게 반박하고 싶었다. 그런데 뭐라 해야 할지 알 수 없었다.

"블랙스컬 같은 마물이 돌아다니는 이 도시는 게임 세계일 뿐이야. 나는 리후 말에 동의할 수 없어. 여기서 벗어나야 해."

청하는 설득하길 포기하지 않았다. 하지만 힘이 좀 꺾인 톤이었다. 그러자 명하가 반대 의견을 냈다.

"소울시에도 스틸러들이 있었지. 악당은 어디에나 있고

위험은 언제나 있는 거야."

리후가 고개를 끄덕였다.

"맞아, 그런 게 두려워서 못 산다면 어디서도 살 수 없는 거야. 숲으로 돌아가려는 생각이야말로 현실 도피가 아닐까?"

주나는 반박하고 싶었지만 적절한 말이 떠오르지 않아 입을 열지 못하고 있었다. 그런데 리후의 '두려워서'라는 말이 주나를 찔렀다. 이윽고 주나가 마음을 가다듬고서 조용히 입을 뗐다.

"두려워서가 아니야. 살려고 하는 거지."

주나가 계속 말했다.

"생명, 그게 있어. 숲에는."

"그래, 그거야."

청하가 손뼉을 딱 쳤다.

"생명, 진짜 에너지가 있다는 것. 그건 우리가 우리 자신으로 살 수 있다는 거야. 숲에는 식물 외엔 별다른 게 없고 특별한 사건도 없지만, 거기선 내가 나대로 숨 쉴 수 있어. 그게 중요한 거야."

청하가 고개를 끄덕였다. 주나가 또 이야기했다.

"어쩌면 소울시도 가상현실이었는지 모르지. 명하 말대로 가상이든 현실이든 그게 중요한 게 아니야. 그 세계에서 진정으로 살 수 있는지, 내가 나대로 존재할 수 있는지, 그게 핵심인 거지."

주나의 말에 고개를 끄덕이며 청하가 덧붙였다.

"그래서 우리가 소울 시스템을 깬 거잖아. 그건 가짜 생명이기 때문에, 그걸 주입하면서 우리 자신으로 살 수가 없기 때문에."

"내가 나 자신으로 존재할 수 없다면, 현실 세계이든 게임 세계이든 전부 가짜인 건가?"

공한이 차가운 눈빛으로 말했다. 그리고 또 스스로에게 하는 듯 물음을 던졌다.

"내가 숲보다 이 도시에서 더 나답게 살 수 있다면? 그래도 이 세계에서 나가야 할까?"

공한의 말에 청하의 눈빛이 흔들렸다.

"여기서는, 이 갇힌 세상에서는, 먹지 않고는 살 수 없어. 그게 이 세계의 규칙이지. 소울시에서 소울을 넣어야 살 수 있었던 것처럼, 델타시에선 푸드를 끝없이 몸에 넣어야 하고 그걸 얻기 위해 타임을 죽여야 하지. 내가 살기 위해 다른 것은 죽어야 한다는 것. 살아가면서 죽어가는 것, 게임의 본질은 그런 거야."

주나는 자기 가슴에서 말이 흘러나오는 것을 보았다. 이것이 누구의 말인지 몰랐다. 어쩌면 오래 품고 있던 나다수의 말인지도 몰랐다. 그건 아무래도 좋았다. 모든 것이 에너지였다. 주나의 가슴을 통해 그 에너지가, 빛줄기가, 언어로 흘러나오고 있었다.

"델타푸드, 그게 뭔지는 모르지만 한번 먹으면 끊지 못한다지. 그럼 영원히 그걸 먹고 살아야 해. 푸드에 의존하고 게임 시스템에 갇혀서, 영영 벗어나지 못하게 되는 거야."

청하가 주나의 말에 힘을 얻은 듯 말을 이었다. 주나가 고개를 끄덕였다.

"그렇게 살거나 소멸되거나."

명하가 냉소적인 어투로 말을 맺었다.

"숲에서 산다고 해도 같지 않아? 살다가 결국 죽는 건 어디서든 마찬가지야."

"맞아. 나 자신으로 산다는 게 뭐지? 게이머로 사는 건 내가 아닌 건가?"

명하와 리후가 차례차례 반박했다.

"결국 어느 세계에서나 인간은 게이머가 아닐까? 타임을 잡든 숲에서 놀든, 결국 삶이라는 게임을 하고 있는 게 아닐까?"

공한은 계속 물음을 던졌다. 그건 자기 자신에게 던지는 의문이기도 했다.

주나는 공한의 말을 잠시 곱씹었다. 결국 모든 삶이 게임과 같은 것이라 해도 여기서 나갈 것인가? 숲에서의 단순한 생활도 하나의 게임이라면? 스스로에게 물음을 던졌지만 답은 다르지 않았다.

"우리는 이제 아무것도 먹지 않고 살 수 있는데, 완전한 몸으로 자유롭게 지낼 수 있는데, 왜 먹고 먹히는 죽음의 세계를 선택하지?"

주나가 네 사람을 하나하나 바라봤다.

"선택이 아니었어. 우리가 여기에 온 건."

공한이 굳은 얼굴로 말했다.

"맞아. 그건 우리의 선택이 아니지. 여기에 갇히게 될 줄 몰랐으니까. 그러니 더더욱 여기서 나가야 해."

주나는 이제 확실히 알았다. 자신이 어디로 가야 하는지를. 리후와 친구들이 다른 생각을 가지고 있다면 혼자서라도 가야 할 것이다. 가야 한다. 모든 것을 버리고서라도. 그 것이 생명의 길이라면.

"나는 매니페스터가 되겠어."

주나가 스탯창을 열며 말했다.

"존재는 세계 밖으로 나갈 수 없어. 우리는 자신이 속한 세계 안에 존재해야 해."

리후가 주나를 보며 말했다.

주나는 리후의 뜻을 이해했다.

"그래, 누군가에겐 생명의 세계인 곳이 다른 누군가에겐 죽음의 공간이 될 수도 있는 거야. 우리는 각자 자신의 세 계를 선택할 권리가 있어."

명하가 리후와 청하를 번갈아 보며 말했다. 그녀도 자신 의 세계를 선택한 것 같았다. 청하가 말없이 고개를 끄덕 였다.

"서로를 보내 주자."

공한이 연인들 사이에서 말했다.

19
마라와의 대결

　주나와 리후, 청하와 명하, 네 사람은 모두 담담했다. 한편으론 암담했다. 그동안 사랑했던 상대방이 완전히 다른 세계에 살고 있었다는 걸 이제야 안 것이다. 주나와 리후도, 청하와 명하도. 우리가 알고 있는 것, 믿고 있는 것 그리고 사랑한다고 생각했던 것은 얼마나 작고 약하고 위태로운가.

　"나의 세계는 어디일까……."

　가장 어두운 얼굴로 공한이 말했다. 그는 정말 고민스러웠다.

공한이 자신의 스탯창을 열었다. 다른 사람들도 자기 것을 확인했다. 초심자의 생존 시간은 스무 시간 넘게 남아 있었지만 존재성은 벌써 94%까지 내려가 있었다. 마라를 만나려면 어서 대결을 신청해야 했다.

"나도 가겠어."

공한이 말했다.

"어딜?"

리후가 물었다.

"이 세계 밖으로."

"밖으로 나가지 못하고 그냥 소멸될 가능성이 커."

리후가 공한을 붙잡았다. 리후는 공한이라면 함께 갈 것이라고 믿었다.

"소울시를 벗어나며 다짐했지. 다시는 그렇게 노예처럼 살지 않겠다고. 그런데 여기에 그냥 머무는 건 또다시 노예가 되는 길이야. 나는 푸드를 먹지 않을 거야."

공한이 단호하게 말했다.

"현실적으로 생각해."

리후가 다시 붙잡으려 했지만 공한은 고개를 저었다.

"가자."

공한이 리후에게 등을 돌리고서 주나와 청하에게 말했다.

"갈게."

주나가 리후에게 눈인사를 건넸다.

"그래, 잘 싸워."

리후가 주나에게 말했다. 주나가 고개를 끄덕였다.

'이렇게 안녕이구나. 리후, 그동안 고마웠어.'

리후는 주나의 마음을 읽은 듯 고개를 끄덕였다. 명하도 청하에게 손을 흔들며 눈인사를 나누었다. 이 순간까지도 모두가 담담했다. 가상현실에 있어서 그런지 이별이 크게 실감 나지 않았다. 그래서 그것이 더 자연스럽게 느껴지기도 했다.

*
**

대결을 위해 어떤 장소로 이동할 필요는 없었다. 창을 열고 대결을 신청하면 게이머와 마라, 단둘만의 세계가 펼쳐진다. 가상현실 속 가상현실로 들어가게 되는 것이다.

주나, 공한, 청하는 동시에 마라를 소환했다. 그리고 도시 한복판에서 사라졌다. 각자 단독자로서 새로운 세계에 들어갔다.

주나는 눈을 떠 보니 높은 산 위에 있었다. 온통 하얀 설
산이었다. 산꼭대기에서 마왕을 만나야 한다니, 주나는 조
금 겁이 났다. 93%의 존재성으로 마라를 이길 수 있을지도
걱정이 됐다. 외모를 바꿀 수 있다는 마라가 어떤 모습으로
나타날지도 궁금했다. 무시무시한 괴물이나 거인의 형상은
아닐지 두렵기도 했다.

뭔가가 나타났다. 저 멀리, 사람의 형상이 보였다. 체구가
그리 크지는 않았다. 카인이 보여 준 사진 속 여자 같았다.

'다행이다.'

저 정도면 싸워 볼 만하다고 주나는 생각했다. 괴물이 아
닌 여성의 모습을 보자 자신감이 생겼다. 주나는 심호흡을
하고 주먹에 힘을 주었다.

마라가 다가왔다. 그 얼굴엔 검은 베일이 드리워져 있었
다. 이목구비를 확인할 수 없었지만 주나는 왠지 그 얼굴이
익숙하게 느껴졌다. 키와 몸매도 그랬다.

바람이 베일을 날렸다. 마왕의 맨얼굴이 드러났다.

"헉!"

주나가 놀라 소리쳤다. 그 얼굴은 바로 주나 자신의 것이

었다.

"나?"

"······."

"어째서지? 나와 똑같이 생긴 건······."

주나가 정신을 수습하고 마라에게 물었다.

"나야말로 묻고 싶군. 어째서 나처럼 생겼는지."

마라는 목소리마저 주나와 똑같았다.

"나를 복제한 거냐?"

주나가 물었다.

"너는 나의 그림자야."

마라가 말했다.

"무슨 소리? 네가 나의 그림자겠지."

"너는 그림자야."

마라는 물러서지 않았다.

"네가 그림자야."

주나도 똑같이 말했다.

"누가 진짜인지 확인해 보자."

"그래, 좋아."

말이 끝나자마자 서로가 서로에게 바람처럼 날아갔다.

찰나에 두 몸이 부딪쳤다.

"으악!"

주나는 그것이 자기 몸에 흡수되는 것을 느꼈다. 아니, 자신이 그것에 흡수되고 있었다. 흡수되며 흡수하며 주나는 그것과 일체가 되어 갔다. 그렇게 자신이 사라지고 있는 것을 느꼈다. 살아나는 듯 강렬하게.

주나는 죽음을 느꼈다. 감정적인, 정신적인, 육체적인 죽음이 전신에 퍼져 나갔다. 주나는 수천수만의 자신이 죽고 있는 것을 느꼈다. 생명처럼 생생하게.

+93 -93 +93 -93 +93 -93 +93 -93…….

스탯창에 숫자들이 깜빡거렸다. 주나-마라의 몸이 흐릿해졌다. 숫자는 곧 하나로 합쳐졌다.

0

제로였다.

존재성 0%가 되었습니다.

시스템 메시지가 들려왔다. 주나-마라는 몸이 사라졌는데도 그것이 들렸다. 가상 세계에서 몸이란 애초에 존재하지 않는 것인지도 몰랐다.

제로가 된 존재성이 허공에 거대한 구멍을 만들었다. 형체 없는 주나-마라는 그 원 속으로 빨려 들어갔다. 아무것도 두렵지 않았다. 사라지는 것도 괜찮았다. 완전한 무가 되는 것도 좋았다. 어쩌면 그것이 최고의 존재인지도 몰랐다.

주나-마라는 깨달았다. 숲보다 더 큰 우주에 자신이 속해 있다는 것을. 그 우주는 계속해서 성장하고 있다는 것을. 그리고 그 세계가 바로 자신이라는 것을.

거대한 회오리가 일었다. 주나-마라를 구성하고 있던 성분들은 가루보다 작은 입자가 되어 흩어졌다. 그 입자 하나하나에 모두가 있었다. 리후, 공한, 청하, 명하, 카인 그리고 나다수……. 주나는 보았다. 나다수의 몸에 자신의 얼굴이 있었다.

주나는 깨달았다. 그토록 그리워했던 나다수가 자기 안에 있었다는 것을. 그토록 기다려 온 그 존재가 바로 자기

180

자신이었다는 것을.

하늘이 무너지고 땅이 갈라졌다. 갈라진 땅과 무너진 하늘에서 만물이 쏟아져 나왔다. 그것들이 모두 부서져 입자로 변했다. 그 입자들이 모두 빛으로 변했다. 그 빛이 무너진 하늘과 갈라진 땅을 부드럽게 비췄다. 빛이 닿은 하늘과 땅이 살아나기 시작했다.

천 년의 시간이 흘렀다. 어쩌면 천만 년인지도 몰랐다. 하늘과 땅 사이에서 거대한 형상이 드러났다.

매니페스터였다.

주나이자 마라이자 모든 존재인 그가 눈을 떴다. 경쾌한 음악 소리가 들렸다. 그리고 메시지가 흘러나왔다.

로그아웃되었습니다.

20

숲을 넘어서

주나는 눈을 떴다. 어스름 속에서 냄새가 훅 끼쳤다. 짙고 신선하고 생명 가득한 냄새. 숲이었다.

'해냈다.'

눈물이 나올 것 같았다. 밖으로 나온 것이다. 델타라는 가상 세계에서 벗어난 것이다. 주나는 그 자리에 가만히 서 있었다. 그동안의 일들이 모두 꿈같았다. 친구들의 존재도 그랬다. 모두가 오래전 꿈속에서 만난 사람들 같았다. 꿈에서 깨어나니 숲이 있었다. 그리고 힘으로 충전된 자신이 있었다.

'그들은 어떻게 됐을까?'

대결을 신청한 공한과 청하도 밖으로 나왔을 것이다. '대결'이란 바로 자기 자신과의 대결이었으니까. 나가려는 의지만 있으면 나갈 수 있는 것이었다. 나가고자 움직이기만 하면 나가게 되는 것이었다.

'그걸 알려 줘야 하는데.'

리후 그리고 명하. 그들은 아직 델타시에 있을까? 이미 푸드를 먹었을까? 한번 먹기 시작하면 먹어야 사는 몸으로 바뀌어 버리는데.

주나는 델타인이 된 리후를 상상해 봤다.

'몸이 변한 리후는 같은 리후일까?'

순간, 리후의 얼굴이 허공에 흐릿하게 떠올랐다.

"어?"

주나가 놀라 외쳤다. 그러자 허공의 얼굴이 사라졌다. 신기하면서도 섬뜩한 기분이 들었다.

주나는 주위를 둘러봤다. 고요한 세계 속에 자기 홀로 서 있었다. 이곳은 숲의 입구였다. 도시의 경계선이기도 했다. 그런데 좀 이상했다. 숲의 색깔이 달라져 있었다. 빛이 바랜 듯이 흐렸다. 예전에도 숲의 색이 변한 것을 본 적이 있었다.

'아······.'

전율이 흘렀다. 주나는 뭔가 알게 된 것 같았다. 몸이 먼저 반응했다. 심장 박동이 빨라졌다. 그리고 곧 가슴의 소리를 머리가 받아들였다. 현실은, 세계는 자신이 생각했던 것과는 달랐다. 아주 많이.

'이걸 이제야 알았다니······.'

주나는 한 걸음 앞으로 나아갔다. 그러자 놀라웠다. 숲의 색깔이 다시 바뀌었다. 색이 조금 더 진해졌다. 자신의 움직임에 따라 세계는 '숲'으로 출렁이고 있었다. 숲은 주나 안에도 있고 밖에도 있었다. 눈을 뜨면 나타났다 눈을 감으면 사라졌다.

하나의 목소리가 귓전에 메아리쳤다.

'숲? 그런 게 아직도 있다고 믿니?'

카인의 말이었다. 다시 소름이 돋았다. 아무것도 몰랐던 그때, 몸은 이렇게 반응했었다. 소름과 전율로 적나라하게. 가상 도시 속 게임 캐릭터였던 몸이 더 많은 것을 알고 있었던 건가.

주나는 이제야 알 것 같았다. 델타시에 남으려 했던 리후의 마음도 완전히 이해할 수 있었다. 명하가 했던 날카로운 말들도 떠올랐다. 어쩌면 그들의 생각과 통찰이 더 진실에 가까웠는지도 모른다.

"아아……."

두 눈에서 눈물이 흘러내렸다. 주나는 흐르는 눈물을 닦지 않고 그대로 둔 채 숲의 입구에 멈춰 섰다. 진한 눈물과 함께, 자기 자신이 흘러내리는 듯했다. 어리고 어리석은 그 존재가……. 하지만 계속 울고 있을 수는 없었다. 정신을 차려야 했다. 현실을 직시해야 했다. 그 현실은 무섭고 이상하고 막막했지만 거기서 벗어날 수는 없었다.

"게임은 끝나지 않았어."

주나는 눈물을 훔치고 주먹을 꼭 쥐었다. 진짜 게임은 이제 시작된 것이다. 이 거대한 가상 세계는 숲의 공기와 친구들의 얼굴만큼이나 현실적이었다. 그렇다면 이 몸은? 지금의 나는?

"아아아!"

주나는 사자처럼 날뛰며 소리를 질렀다. 숲이 크게 흔들렸다.

'존재는 세계 밖으로 나갈 수 없어.'

리후는 그렇게 말했었다. 이 말은 반은 맞고 반은 틀렸다. 존재는 세계 안에 존재해야 하지만, 세계 밖으로도 나갈 수 있는 것이다. 주나는 이것을 해냈다. 다른 모든 것이 틀렸을지라도, 그것을 해냄으로써 자신의 진실을 스스로에게 증명했다. 그러나 그것이 끝이 아니었다. 오히려 시작이었다. 무수한 세계 중 하나를 통과한 것, 그뿐이었다.

주나는 두 팔을 높이 쳐들었다. 그리고 온몸으로 고함을 질렀다. 숲과 땅과 하늘이 주나의 몸처럼 진동했다. 존재는 곧 세계였다.

소울시에서 숲으로, 숲에서 델타시로, 그리고 다시 여기로……. 세계를 넘고 넘어 이곳에 이르렀으니 그 너머의 세계 또한 넘을 수 있으리라. 이곳 너머엔 무엇이 있을까. 아무것도 없을지도 모른다. 아무래도 상관없었다. 이제는 두려울 것이 없었다. 해야 할 일은 오직 끝까지 가는 것, 그뿐이었다.

가상이든 현실이든 모든 세계를 통과하며 그것을 품는 것. 품는 동시에 넘어서는 것. 넘어서며 자라나는 것. 그것이 나다수가 한 일이자 주나에게 주어진 미션이었다. 나다수 또한 매니페스터였던 것이다. 그녀 또한 자기 자신과 대

결해 자기 자신을 품은 것이다. 주나는 그것을 이제야 이해
했다.

"나다수……."

그녀가 왜 흔적만 있고 실제로는 나타나지 않는지도 깨
달았다. 지금 나다수는 아마도 숲 너머에 있을 것이다. 숲
에 살았으니 숲 밖으로 나갔을 것이다. 그런데 주나가 숲
너머에 이른 시점이면 나다수는 그다음 세계로 넘어갔을
것이다. 계속해서 그렇게 세계를 통과하며 커지고 있을 것
이다. 온 세계를 자기 안에 품으며, 우주처럼 무한히 확장
되면서.

나다수에 대한 생각은 곧 자기 자신에 대한 것이었다. 주
나는 가슴을 활짝 폈다. 그리고 다짐했다.

저 너머에 새로운 세계, 새로운 게임이 있다면 그 또한
마스터하리라. 게임이 종료될 때까지 끝까지 플레이하리
라. 그리하여 모든 세계를 내 안에 품으리라. 끝없는 게임,
그것이 생명이고 삶이니까. 나는 나를 품고 넘어섰으니까.

주나의 정신이 맑아지자 숲의 색깔이 진녹색으로 돌아왔
다. 숲은 있는 그대로 싱그러웠다. 그리고 지극히 현실적이
었다. 동시에 비현실적으로 아름다웠다. 진짜인지 가짜인

187

지 모를, 짙은 숲 향기가 몸속 깊이 회전했다. 온 세계가 금빛으로 빛났다.

주나는 숨을 크게 들이쉬었다. 그리고 숲의 끝, 그 너머의 세계를 향해 걸어갔다.

작가의 말

　이 소설은 한 세계를 넘어선 청소년들이 새로운 터전에서 존재와 생명을 펼쳐 내는 이야기다. 인공 에너지에 의해 유지되던 기존 세계가 무너진 뒤, 주인공은 친구들과 함께 자연 에너지의 세계인 숲에 머물며 새 삶을 살아간다. 그런데 얼마 뒤, 자연과 상반된 질서로 구축된 세계가 생겨난다. 그곳은 과거이자 미래인 게임의 도시이다.

　사랑으로 하나 되었던 마음이 둘로 갈라지고, 둘은 각각 숲과 도시 중 하나를 선택하게 된다. 단독자로 통과의례를 거친 주인공은 숲으로 귀환하지만 그 숲은 이전의 그것이 아니다. 존재가 세계를 탈피하면 과거의 시공간은 가상이 된다. 새로운 현실은 미지로 남아 있고, 존재는 가상과 현실 사이에 끼어 있다. 그 중간의 음침함과 울창함은 숲을 닮았다. 청소년기 또한 그러하다.

　나는 『숲의 존재들』과 함께 이제 막 숲을 통과했다. 2006년 정신적 탄생 이후 십칠 년 만이다. 2006년생이라 치면 올해 주인공과 비슷한 나이가 된다. 성인이 되기 직전의 무한한 무(無), 그 가능성과 에너지를 숲 향기 나는 백지처럼 그리고 싶었다.

전작 『소울메이커』 이후 일 년여 만에 나온 소설이다. 『소울메이커』와 『숲의 존재들』 사이에 여러 겹의 세계를 통과했다. 집이 바뀌고 새 직업 생기고 새로운 사람들을 만나고 활동이 많아졌다. 등단 이후 나를 표현하는 방식은 주로 '글'이었지만 강의가 늘면서 '말'을 통해 세계와 직접 소통하는 일이 잦아졌다. 그 '말'은 사람들을 모으고 다양한 관계를 빚어내고 생활을 풍요롭게 만들었다. 십수 년간 '글'로써 다져진 말이기 때문이다.

나에게 주어진 언어와 그 말씀(Logos)의 통로로 선택된 생애를 사랑한다. 나와 나의 삶은 오직 저 말씀을 구현하기 위해 존재한다. 로고스의 구현자(Manifester). 이 소설의 원제는 '매니페스터'이다.

진짜 현실은 숲 너머에서 펼쳐진다. 매니페스터의 광활한 대지 뒤에서, 등을 밀듯 숲 바람이 불어온다.

2023년 9월 大光 작업실에서
김태라

숲의 존재들

1쇄 발행 2023년 10월 6일

지은이 김태라
펴낸이 배선아
편 집 유민우
디자인 이승은
펴낸곳 고즈넉이엔티

출판등록 2017년 3월 13일 제2022-000078호
주 소 서울특별시 마포구 성지1길 35, 4층
대표전화 02-6269-8166 **팩스** 02-6166-9199
이 메 일 gozknockent@gozknock.com
홈페이지 www.gozknock.com
블 로 그 blog.naver.com/gozknock
페이스북 www.facebook.com/gozknock
인스타그램 www.instagram.com/gozknock